소중함을 알고
소중함을 깊이 간직하고 싶은

님에게

일러두기

이 책에서 보라색으로 표시한 부분은 여자의 마음을, 파란색으로 표시한 부분은 남자의 마음을 나타냄을 밝힙니다.

차라리, 우리 헤어질까

조성일 글 | 사모 그림

팩토리나인

프롤로그

사랑이 쓸쓸해진 당신에게

한때, 누구보다 아팠던 시절이 있었습니다.
세상을 살아가는 보람도, 기쁨도, 희망도 보이지 않고
헤어진 사람과의 재회만을 바라던 시기가 있었습니다.
친구의 조언도, 다른 사람의 경험 하나 소용없이
그저 애달팠던 시기였습니다.

그렇게 몇 해가 지나 그동안의 삶을 돌아보니
꽤나 오랜 시간을 아파했다는 생각이 들었습니다.
분명, 나와 같은 사람이 많을 것 같다는 생각이 들어
페이스북에 글을 적기 시작했습니다.
때로는 누군가가 했던 마음을 울리는 한마디를,
때로는 책 속의 감동적인 한 구절을,
때로는 내가 이랬으면 더 좋았을 거라는 상상을…

상처를 이겨내는 방법을 알려주는 게 아니라
지금 당신만 이토록 힘든 게 아니라며 위로하고
당신의 슬픔을 온 마음을 다해 공감하고 싶었습니다.

나는 이렇게 아픈데 지금 그 사람은 어떨까,
상상할 수 있는 기회를 드리고 싶었습니다.
나의 사랑, 그 남자의 사랑, 내 친구들의 사랑…
많은 사람이 공감할 만한 글이 되길 바랐습니다.

시작은 홀로 했지만
4년이란 시간 동안 모두가 함께 글을 써왔습니다.
우리 스스로 외면했던 외로움을 당당하게 마주하고
상처를 치유해나가는 것이 제가 바라는 글이었습니다.

저의 그런 생각이 온라인에서만이 아니라
오프라인 공간에서도 이어지길 바랍니다.

조성일 드림

차례

Part 2.

내가 너를 지울 수 있을까

Part 3.

다음엔 혼자 뜨거워지지 않길

우리가 헤어진 건
헤어질 만한 이유가 문제였을까.
그냥 마음이 떠나서였을까.

이유가 있어서 마음이 떠난 걸까.
마음이 떠나서 이유가 생겨난 걸까.

part 1.
우린 어쩌다
이렇게 됐을까

이별이라고 말하는 너에게,

따뜻한 침묵으로 답하는 내가

동동거리는 발끝으로 기다리고 있다.

말없이 안아줬으면 좋겠어

이상하지?
이따금씩
나는 불안해져.

떨어져 있는 순간에도
같이 있는 순간에도
갑자기 불안할 때가 있어.

이렇게 사랑하는 네가
갑자기 나를 떠나면 어떡하나 싶은 생각에…
내색하지 못하고
홀로 쓴웃음 지을 때가 있어.

너는 아무런 잘못을 하지 않았지만
네가 그러면 어쩌나 싶은 마음에
너를 가끔씩 귀찮게 하기도 해.

네 마음을 확인한답시고
이상한 요구를 하거나
말도 안 되는 투정을 부리고 말이야.

마치 네가 들어주지 않으면
마음의 준비를 할 사람처럼.

정작 서운함에 못 이겨
툴툴대는 게 다인데.

나도 알아.
이게 말도 안 된다는 거.

근데 말이야.
그냥 아무 이유 없이
사랑한다는 말을 듣고 싶고
사랑을 확인 받고 싶어져.

그러니까
가끔씩 내가 이상해도,
넓은 마음으로
말없이 안아줬으면 좋겠어.

흔들리는 너에게

우리가 아무리 흔들리더라도
꺾이고 무너질지라도
바닥이 견고하다면
다시 쌓을 수 있겠지.

처음처럼
그렇게 서로를 믿는다면
무너져도 다시 쌓을 수 있겠지.

완성을 앞두고
톡 쳐버린 도미노처럼,
와르르 무너지더라도
포기하지 않는다면
끝이라 생각하지 않는다면
우리의 관계를 언제까지나
다시 쌓을 수 있겠지.

힘든 일이 닥치더라도 우리
서로를 포기하지 말자.

우리의 목적은
서로를 사랑하는 것이지
지금 당장 행복하자는 것이 아니니까.

지금만 보지 말자.
조금 더 먼 미래를 보자.

그러니까 우리
포기하지 말자.
언제까지나.

오늘, 정말 바쁜 거니?

부드럽게
귓가에 맴도는 네 목소리가 좋았다.

남들 다 좋아하는 묵직한 중저음은 아니지만
나긋하게 전해오는 네 목소리에
하루의 피로가 씻기는 듯했고,
자기 전 잠깐 듣는 네 목소리에 편안함을 느꼈다.

침대에 누워 전화기를 얼굴에 올려두고
이런저런 이야기를 나누는 시간들이 좋았다.

어둑해진 밤,
산책길에 선선한 바람을 맞으며
너와 통화하는 것이
언젠가부터 내게는 취미가 되었다.

계절마다 느껴지는 공기와
잘 어우러지는
네 목소리가 참 달콤했다.

첫인상은 과묵했고,
깐깐해 보였고,
약간 재수 없기도 했지만,

어느샌가 하루 일과를 쫑알대는 모습이
나를 피식하게 만들었다.

언젠가 왜 나에게 말을 안 하냐고
툴툴대는 너를 발견하곤 했는데,
들려오는 네 목소리를 감상하는 게 좋았다.

네 말소리에 내 말을 얹어
방해하고 싶지 않았다는 말을
너에겐 하지 못했지만 나는 그랬다.

이게 내가 너를 사랑하는 이유 중 하난데,
너는 아마 모를 거다.

근데 오늘은 정말 바쁜가 보네.
전화가 없는 걸 보면…
저녁은 먹었으려나?

이따가 전화 오면
내 서운했던 마음 위로 받아야지.

내 마음 알아줄지 모르지만

난 너에게
최선을 보여주고 싶었다.

모든 것이 불확실한 우리의 관계에서
내가 너에게 노력하고 있음을
네가 느끼도록 보여주고 싶었다.
내 마음을 알아줄지 모르지만
그래도 난 너에게
모든 것을 보여주고 싶었다.

너를 좋아하니까.

너에게 난
스쳐가는 사람일지 모르지만
의미 있는 사람이 되고 싶어
내 마음을 부담스럽지 않게
조심조심 표현하고 싶었다.

내가 너를 좋아하고
너를 사랑할 준비를 하고 있다는 것을.
언제든 내 곁은 너라는 것을
네가 느끼게 해주고 싶다.

많은 걸 바라는 게 아니야

너는 참 열심히 살잖아.
해야 할 일도,
챙겨야 할 사람도 많으니까.
그런 네 모습이 참 마음에 들었어.

그런데 있잖아,
난 너를 어디까지 이해해야 하니?
언제쯤 너의 관심을 받을 수 있는 거니?

할 일이 있다고,
지금 좀 바쁘다고,
그렇게 말하면서 연락이 되지 않는 너를
이해하지 못한다고 하면
난 그런 것 하나 이해하지 못하는 사람이 돼버리고…

너에게 나는 뭘까?
너의 우선순위에서 나는 몇 번째일까?
나는 대체 언제쯤 이런 마음을 버릴 수 있을까?

너에게 언제 연락이 오든
네가 언제 만나자고 하든
나에게 어떤 일이 생기든
그저 이렇게 가만히 있으면 되는 거니?

언제 올지 모르는 연락을
하염없이 기다리고 있어야 하니?

내가 이상한 걸까?
나만 이러는 걸까?
나만,
상황을 이해하지 못하는 속 좁은 사람인 걸까?

나는 네가 참 좋거든?
그런데 너를 만나면서
내가 참 볼품없는 사람이 돼버리는 것 같아.

많은 걸 바라는 게 아니야.
바쁜 것도 이해해.
잠깐 전화 한 통은 해줄 수 있지 않을까?

너, 나 좋아한다며.
너, 나 생각한다며.
근데 왜 나는 그걸 못 느끼는 걸까?

나에겐 사소한 바람이
너에겐 그렇게 힘든 일이니?
난 정말 그 정도면 되는데.

헛된 기대

왜 그런 거 있잖아요.
알면서도 놓지 못하는 이유.

잊을 수도 없고
붙잡을 수도 없는 사람이지만
기대하게 되는.

언젠가 나를 봐줄 것만 같은
일말의 기대감.

'헛된 기대'.

언젠가 나를 봐줄 것만 같은
일말의 기대감.

진심을 말할수록 더 멀어지는

진심을 말하면
조금 더 가까워질 줄 알았는데
왜,
말하면 말할수록 멀어져만 가는지.

진심이 문제였던 걸까.
진실이 문제였던 걸까.

그것도 아니면
내가 너에게 진심처럼 보이지 않는 걸까.
또 그것도 아니면
서로의 진심이 다른 걸까.

고민하다
하루하루 시간만 흘러간다.

별 볼일 없는 믿음

세심한 너의 배려가 고마웠다.
"오늘 힘들지 않았니?"
"혹시 먹고 싶은 거 없어?"
"기분은 어때?"

별것 아닌 그 말이
나를 설레게 하고
너를 더욱 믿게 만들었던 것 같다.

그렇게 내 별 볼일 없는 믿음은
쌓여가고 있었다,
정작 너는 모르는 믿음이.

아무런 관계가 아니기에
내색할 수 없었던
그 사소한 따스함이
내 마음을 요동치게 만들었다.

몇 번이고 너를 끊어내려 노력했지만
너의 무차별적인 친절이 내 마음을 흔들었다.

너는 모르겠지,
내가 이런 마음을 갖고 있다는 걸.

네가 내 것이 되지 못하더라도
나는 네 따스함을 받기 위해
오늘도 아닌 척, 모른 척
그렇게 하루를 보낸다.

아무렇지 않은 척.

이별이라고 말하는 너에게

기다리고 있다.
전할 수 없는 이야기를 만들고, 고치고, 외우며.

사랑이라고 말하면
이별이라고 말하는
너를,
나는,
발끝에서 기다리고 있다.

이별이라고 말하는 너에게
따뜻한 침묵으로 답하는 내가
동동거리는 발끝으로 기다리고 있다.

혼자만의 연애

언젠가부터
나 혼자만 너와
연애한다는 기분이 들었다.

그래도 나는
할지 안 할지 모르는 내 걱정을
하지 않도록 너에게 먼저 연락하고,
네가 원하는 것들을 해주며,
잠시 잠깐 기뻐하는 네 모습을 보려고
너라는 껍데기만 붙잡고 있었나 보다.

인연이 아님을 이미 알고 있었지만
그 껍데기도 놓질 못해서
헤어지지 못하고 이렇게
가슴만 아파하나 보다.

조금 더 확신하기를 기다리다
조금 더 확실하게 멀어졌다.

함께 있는데 외로워

함께 있으면
외롭지 않을 줄 알았어.
밥을 먹는 것도, 영화를 보는 것도
모든 것이 너와 함께라면
외롭지 않을 거라 생각했어.

그런데 문득,
요새 너와 있는 시간에
많이 외롭단 생각이 들어.

처음엔 그저
내 착각인 줄 알았는데
지금은 너에 대한 확신이 서질 않아.
그래서 많이 혼란스러워.

넘어져도 일어나서 버티는 사랑

우리에게는 걷잡을 수 없을 만큼
커져버린 오해가 생겼다.
서로의 틈을 메워보려는 노력은
깊어진 오해를 풀기엔 역부족이고
우리는 슬슬 지쳐가고 있다.

그렇게,
작열하는 불꽃같던 우리의 시간은
타버리고 남은 한 줌 재를 지켜보듯
허무함만 가득해지고 있다.

이 사실을
인정하고 싶지 않았다.

그래서 열 번을 넘어져도
일어나 버티는 것을 사랑이라 생각했고,
다시금 넘어져도 이것을 사랑이라 되뇌었다.

넘어짐에 익숙한 순간들을 견디다 보니
이것이 사랑이 아님을 알면서도
애써 부정하며,
그렇게 시간을 보낼 수밖에 없었다.

돌이킬 수 없음에 더욱 갈증이 났고
돌이킬 수 없기에 더욱 아쉬웠던 시간이
그렇게 계속 나를 찾아왔다.

오늘 문득
벚꽃 화사했던
호숫가를 걷던 기억이,
피할 수 없는 현실과
부정하고 싶은 현재가 함께인 지금이,

그렇게 나는
아쉽고 또 아쉽지만
달리 내가 할 수 있는 것은 없다.

너를 생각하는 내 마음

너에게 서운한 건
그것이었다.

나를 소홀히 생각한다는 것.
너를 생각하는 내 마음을
가볍게 여기고 있다는 것.

언제나 최선이었다

최선을 다했다고 생각했다.
힘을 내는 데 최선을 다했고
힘을 빼는 데 최선을 다했다.

한없이 투명하게,
조화롭다 생각했는데
그럼에도 완벽은 없었다.

시간이 흔들린다.
추억이 흔들린다.
내 마음도, 흔들린다.

네 기억 속엔 내가 많지 않아

너는 알고 있고,
나는 모르는 사실이 있다.
우리가 남이라는 것.

함께해야 할 이유가 존재하지 않는
우리는 남이다.

알고는 있었지만
늘상 잊게 되는 사실이 있다.

나는 할 이야기가 있고,
너는 들을 이야기가 없다는 것.
내 미래에는 네가 있지만
너에게는 그냥 내가 없다.

그리고 내게는 우리의 기억이 많지만
네 기억 속엔 내가 많지 않다.

시간이 흔들린다.

추억이 흔들린다.

내 마음도, 흔들린다.

결말을 알고 있는 이야기

어쩌면
이미 결말을 알고 있는 이야기를
다시 이어보려고
안간힘을 쓰고 있는 건지도
모른다는 생각이 들었다.

내 선택이 옳은 것이길

넌 날 사랑하지 않았다.
내가 널 좋아한다는 이유만으로
날 함부로 대했으니까.
사랑하면서 그럴 수는 없었다.

난 네 앞에서 항상 부족한 여자였고
존중받지 못했고
한없이 작아져만 갔다.

나는 너를 온전히,
나 자신을 잃어가면서까지 사랑했다.

하지만
돌아오는 건
기회만 생기면 버릇처럼
헤어지자는 소리였다.

그래서 나는
항상 서운함이 생기면
고통스러움이 목까지 차올라도
그냥 넘겨야만 했다.
그래야 오늘을 행복하게 보낼 수 있기에.

너와 이별하고 무너지는 건
내가 아니라 정확히 말하면 내 세상이겠지.

모든 일상이 너와 겹쳤기에
그것들을 외면하는 데 시간이 걸릴테고
스스로 괜찮다 생각하기까지
참 오랜 시간이 필요하겠지.

하지만
어렴풋하게 알 것 같다.

너는 나만큼 바보같이
널 좋아해줄 사람이 없다는 걸 알지만,
그렇다고 날 좋아할 자신은 없는
재수 없는 그런 남자니까.
넌 딱 그 정도로 날 생각했다.

날 힘들게 한 너보다
너로 인해 힘들었던 나에게
시간이 필요한 게 당연한데,
네가 시간을 갖자고 말하는 병신 같은 상황.

너에게 난 미안한 사람이라

넌 끝까지 말 못 할 테니
네 마음의 짐,
내가 덜어줘야겠지.

여기까지인 것 같다고,
우린 처음으로 돌아갈 수 없을 거라고,
네 심정을 내 생각인 양 뱉어야겠지.

난 네 옆에 있을 때
가장 예뻐 보였던 사람이라
조금은 더 힘들지 모르겠다.

그냥 넌 평생 미안해했으면 좋겠다.
그 누굴 만나도 죄책감에 내가 생각날 만큼,
그런 너를 내가 평생 미워할 수 있게.
아니, 그러는 것조차도 잊어버릴 만큼
아무렇지 않을 수 있게.

결론 없는 무미건조한 지금 우리 사이에,
내 생각이,
내 선택이 옳은 것이길.

너와 나의 온도

너와 나의 온도는 달랐다.
네 시작과 내 시작에는
큰 차이가 있었다.

과거를 돌이키면
순간순간 잘못했던 일들이 떠올라
견디기 힘들 때가 오지만
변명조차 할 수 없어
답답함을 머금는다.

타이밍을 놓쳐버린 사랑을
놓아야겠지만
도리어 더 꽉 껴안고
머물러 있는 내 사랑을
어떻게 해야 할까.

그러니까, 우리 이제 그만하자

한때는 괜찮으니까 이해했고,
이해했으니 괜찮았어.

'그럴 수 있겠다.'
'나도 그 상황이라면 그러지 않을까?'
'나라고 다를 건 없을 거야.'

그러다 바쁘다고,
이따가 연락한다고 통보하듯 보내는 문자에
하염없이 핸드폰만 바라보다
문득 그런 생각을 했어.
'넌 나의 무엇을 이해하고 있을까?'

내가 너를 이해한다고 생각하는 것처럼
너도 나를 이해하고 있을까.
그렇다면 그건 뭘까.

바쁜데 만나자고 하는 내 모습일까.
쉬기에도 바쁜 너를 굳이 불러내
쫑알대는 내 모습일까.
내가 완벽하지 않다는 것쯤은 아니까
분명 있을 텐데,
네가 하는 행동을 보면 어떤 건지 모르겠어.

언젠가부터 내 마음의 추가 기울었어.
이해한다 말했지만 사실은 포기했고,
괜찮다 말했지만 사실,
별 기대는 하지 않았어.

같이 있지만 같이 있는 것 같지 않았고,
사귀고 있지만 매일 헤어지는 듯한 기분.
그동안 나는 그런 기분이었어.

그래서 말인데,
우리 이제 그만하자.

더는 이해할 수 없을 것 같고
더는 기대할 수 없을 것 같아.
정확히 말하면
이해하기도, 기대하기도 싫어.

너는 끝내

계속 몰아붙이면
나에게 올 것만 같았는데…

벼랑 끝에 선 너는
나 대신
절벽 아래로 뛰어내리는 걸 선택했다.

그러니까,

그러니까 있잖아.

우리 이제 그만하자.

어쩔 수 없이 묻어야만 하는

살면서 참 슬픈 일은
가슴을 갈라 내 마음을 꺼내
보여줄 수 없다는 것이고,

그보다 더 슬픈 일은
마음을 꺼내 보여주었음에도,
그 마음을 진정 몰라주는 것이다.

이 모든 것보다 가장 슬픈 것은
그것을 알고 나서도 어쩔 수 없이
도로 묻어야만 하는
인연이다.

모든 연애가 그럴까

마음이 커질수록 서운함이 커져만 갔다.
나를 조금만 더 생각해준다면,
나를 조금만 더 배려해준다면,
나에겐 쉬웠던 일이
너에겐 그렇게 힘든 일이었을까.

사소한 연락에서부터
내가 자주 하는 말까지,
너는 왜 기억하지 못할까.

너와 만나며
내가 너에게 했던 말들은
그저 스쳐가는 바람처럼
한순간 기분을 결정하는 사소함이었을까.

솔직하길 바란다면서
말해도 변함없는 모습을
나는 혼자 감당하고 있어야 하는 걸까.

조금 더 이해해주길,
조금 더 신경써주길,
조금 더 노력해주길 바라는 건
그저 내 욕심일 뿐인가.

모든 연애가 그런가,
너만 그런 건가?
아니면 내가 유별난 건가?

내가 너를 이해할 수 없었던 것만큼
너도 나를 이해할 수 없었던 걸까?

그렇다면
우리에게 남은 선택지는 뭐지?

아무리 생각해도
결국 끝밖에 보이질 않네.
정말 우린 끝일 수밖에 없는 걸까…

사소한 서운함으로
우리의 끝이 보인다는 게
조금은 싫고, 아쉽고,
힘들고,
씁쓸하다.

사귀고 있어도 힘들지만

헤어지면 그게 더 힘들까 봐 겁이 나.

왜 나는 너에게서 멀어졌을까

우린 왜 멀어졌을까.
나도 모르는 사이
우린 무엇이 달라졌을까.
너는 무엇이 서운했을까.

그동안
너는 나에게 무슨 말을 하고 싶었을까.
나는 너의 무슨 말을 이해하지 못했을까.

나의 '갑자기'를
너는 '차근차근' 생각했을까.

너에게 무슨 일이 있었기에
이렇게도 갑자기 차가워졌을까.
알 길도 없다.
알 수도 없다.

도대체 무슨 이유로
나는
너에게서 멀어질 수밖에 없었을까.

너라는 사람

세상에서 나를 제일
행복한 사람으로 만들어준 것도 너지만,
세상에서 나를 제일
질리는 사람으로 만들어준 것도 너였다.

의미 없음

이 순간 정말 슬픈 건
내가 했던 수많은 노력이
지금 너에겐
아무런 의미가 없다는 것이다.

그동안 우린 뭘 한 걸까?

"너를 만나는 게 버거워."
너의 입에서
마지막으로 흘러나온 말이었다.

나를 만나고
나를 위한 것들이 버겁다는
너의 말을 뒤로한 채
밖으로 나와 걷던 거리에서
문득 허무함을 느꼈다.

그동안 너를 위해,
아니 우리를 위해 노력했던
나 자신이 그렇게 바보 같을 수 없었다.

다른 이유였다면
너를 붙잡고 매달렸을 텐데.
나라는 존재만으로도 힘들다는 그 말에
너를 붙잡을 용기가 나지 않았다.

그동안 우린 뭘 한 걸까?
사랑한다고 서로 속삭이던
그때도 너는 버거웠을까?

노력하면 내 곁에 있을까

아낌없이 모두 내어주면
그것이 사랑이라 생각했어요.
그렇게까지 사랑해야 했느냐고 묻는다면
나는 그럴 수밖에 없었어요.

그것 말고
내가 해줄 수 있는 게 없는 것 같았거든요.
다툼이 생기면 내가 참았어요.
그 사람의 허물은
그저 나만 참으면 된다고 생각했으니까요.

그 사람의 웃는 모습이 좋았어요.
그 사람이 행복해하는 표정이 좋았어요.
그게 내가 살아가는 이유 같았거든요.

어느 날 그 사람이 나에게
시간을 갖자고 하더군요.
혼란스러웠어요.

무엇이 문제였을까.
무엇이 부족했을까.
내가 할 수 있는 건 무엇일까.

그렇게
나 스스로 책망하기 시작했어요.
더 노력할 수 있는데
못한 것 같아서.

내가 노력하면
그 사람이 떠나지 않을 것 같아서.
시간을 갖자는 말을 하지 않을 것 같아서.

한참 지난 뒤에
이런 생각이 들었어요.
'내가 얼마나 더 노력해야 했지?'
'조건 없는 헌신을 얼마나 더?'
'충분히 했는데 뭘 더 해야 하지?'

그렇게 시간이 흐르고
감정이 무뎌진 지금은 조금 알 것 같아요.
그 사람이 왜 시간을 갖자고 했는지,
왜 우리가 헤어질 수밖에 없었는지.
부담스러웠던 거예요,
내가 베풀었던 호의가.

자기는 그렇게 해줄 수 없는데

계속 받기만 하는 상황이 반복되고,
뭔가 하고 싶어도 할 수 없게 만드는 나와
무력해지는 자신을 감당하기 힘들어진 거죠.

상대가 노력할 수 있는 한계를 무시하고
한없이 베풀기만 한다면
받는 입장에서 못 견디게
힘들 수 있다는 걸 그때는 몰랐어요.

그 사람이 다가올 수 있게,
나를 위해 더 노력할 수 있게,
여지를 줬어야 했는데
나에게 의미 있는 사람이 되고자 했던
그 사람의 노력을 수포로 만들었던 거예요.

그것도 모르고
한참을 애타게 서성이고 있었네요.
지금 알았다고 달라질 건 없는데
왜 이렇게 아쉬울까요.

네 손을 잡았다면 달라졌을까

그때
가지 말라고 붙잡는 네 손을 잡았다면
지금은 조금 달라졌을까?

아마 아닐 거야.

널 잃고 소중함을 깨닫기 전
나였다면,
우린 분명
다시 헤어졌을 테니까.

그때

가지 말라고 붙잡는 네 손을 잡았다면

지금은 조금 달라졌을까?

내 사랑에 눈이 멀어

네가 느끼는 문제의 근원이 나라는 것,
그것이 나를 더 힘들게 만들었다.

너는 왜 나에게
그 사실을 말하지 않았는지,
숨길 수밖에 없었던 이유가 무엇인지.

나는 너에게
그 정도 신뢰밖에 줄 수 없었던 걸까.
그것이 아니라면,
나였기에 숨길 수밖에 없었던 걸까.

알고 보니
너는 다양한 방식으로
나에게 계속 이야기하고 있었구나.
나를 배려해 그렇게 말을 건넸지만
그 뜻을 알지 못한 건 나였구나.

내가 내 사랑에 눈이 멀어
아무것도 보지 못했을 뿐이다.
함께하자며 사랑을 약속해놓고
계속 네 탓만 하고 있었던 것이다.

모르는 채로 살아가기

한 해가 저물어간다.
지우기 힘든 상처,
애초에 이렇게 될 거라 생각했다.
사람 한두 명 만나본 거 아니니까.

그래도 바뀔 거라 믿었다.
하지만 돌이켜보니
시작하지 말았어야 했고
도중에라도 멈췄어야 했다.

고치지 못할 거라면
그때 넌 나를 놔줬어야 했다.
다 고친다며, 잘 지킨다며 붙잡은 너 때문에
정작 나는 내 삶을 하나하나 잃어갔다.
모든 걸 너에게 맞춰야만 했기에.

이건 좀 아니라고 느꼈지만
네가 너무 좋아서
뭐든 조금 더 신경 쓰고
더 잘해주려 마음먹었다.

컨디션이 좋지 않아도
네가 부르면 쪼르르 달려갔다.

네가 그만큼 소중했으니까.

하지만
돌아온 것은 어이없는 결과뿐.
그럴 거라면 일찍 좀 놔주지.
진작 좀 안 된다 말해주지.

미운 정, 고운 정 다 들어버린 나는
버림받았다는 생각뿐이고
그렇게 넌 떠나갔다.

계속 만나는 게
나에게 상처를 주는 거다?
나를 위해 헤어진다?
그런 것은 이제 없다.

차라리 모르는 채 사는 게 낫겠다.
너를 만난 시간이 참 좋았지만
나를 위해 이제 너를 놓아야겠다.

나를 믿지 않는 너에게

넌 내 말을 믿지 않았어.
오히려 다른 사람의 말을 믿었지.

내가 말했잖아.
다른 사람의 말보다
네가 직접 보고, 듣고, 느낀 것을 믿으라고.

그런데 넌 못하더라.
다른 사람의 시선이 더 중요하더라.

그렇게 넌
다섯 번의 내 진심을 다 짓밟더라.

이제 잡지 않을게.
잘 가.

너와 이별을 시작한다

사랑이 힘들 땐 더 사랑하라는 말,
나는 그 말대로 할 수 없었다.
연애는 혼자 하는 게 아니니까.

결국
너와 그 흔한 여행 한번 못 가보고
기념일 한번 제대로 챙겨보지 못한 채
마음이 너덜너덜해져서
더는 상처받을 것도 없어진 이 순간,
난 마음속에서 너와 이별을 준비한다.

너에게
귀찮은 존재가 되고 싶지 않아
지금부터
나는 너와 이별을 시작한다.

떠나가는 뒷모습을 보며

마음이 한 뼘씩 내려앉았다.

너는 너, 나는 나

헤어질 때
너는 너대로, 나는 나대로
각자의 이야기를 하기에 바빴다.

서로를 이해한다고 말해왔지만
결정적인 순간,
우리는 자신만을 생각했다.

내가 중요하게 생각하는 점을
너는 대수롭지 않게 생각했고,
너에게서 가장 중요한 부분을
나는 이해하지 못했다.

그러니
막막함이 오더라도
다른 방법이 없었다.

우리는 서로를 정말 좋아했지만
맞지 않았다.

너를 덜 사랑했더라면
조금 덜 억울할 텐데…
이 불안감을 평생 가져가긴 힘들 것 같다.

나는 너의 전부였다

이제와 생각해보면
넌 날 정말 사랑했다.

그 시절,
너에겐
내 말이 전부이지 않았을까?

사랑이라는 착각

외로워서,
사랑받고 싶어서 시작한 연애를,
사랑이라 착각했네요.

이제야 깨달았어요.
내가 가짜였으니
그 사랑도 가짜였다는 사실을.

이젠 미워하지 않아요.
당신도 좋은 사람 만나길,
그때는 진짜 사랑하길 기도할게요.

여기까지 와버린 우리

나와
너의 마음이
다름을 깨닫게 된 순간,
그 순간을 버티기가 꽤나 힘들었다.
1분 1초가 길었다.

한동안 머리와 마음이 따로 노는 듯했다.
'아직 너'와 '이제 너'.
두 개의 생각이 갈팡질팡하며
나를 초조하고 불안하게 만들었다.

그때 도착한 메시지,
'그만하자'.
모든 것이 허물어지는 것 같았고
추억들이 부서지는 듯했다.

인정하고 싶지 않지만
받아들여야 하는 상황.

손쓸 수 없는
지금까지 와버린 우리,
무엇 하나 내 마음대로 되는 것이 없었다.

시작도 하지 않은 사랑

나 혼자 좋아했고
나 혼자 사랑했다.
그리고
나 혼자 이별했다.

함께한 사랑인 줄 알았는데
결국 나는
혼자 사랑했다.

나는 이별해서 아프지만
너는 이별이 아니라서
아무렇지 않아 보인다.

나는 도대체 누구와 사랑했고
누구와 설렘을 느꼈으며
또 누구와 이별한 걸까.

나는 사랑을 했지만
사랑을 하지 못했다.

말장난 같지만
결과가 그렇고,
현실이 그렇다.

너는 그 자리에 그대로 있었고
나 홀로 다가갔다 멀어졌다.

다가가서 기뻤지만
혼자만의 감정이었고,
멀어져서 슬펐지만
혼자만의 느낌이었다.

그렇게 나는
시작도 하지 않은 사람과 연애를 했고
이제야 홀로 끝맺음을 한다.

우리는 변하지 않았지만

사실 나는 알고 있었다.
조만간 우리가 헤어질 거라는 걸.

다만 그 시기가
오늘일지, 내일일지,
아니면 또 언제일지,
때를 기다린다 생각했다.

너의 상황과 나의 상황을 알았다.

별 볼일 없는 나와
차근차근 모습을 갖춰가는 너.
그 간극을 알기에
애써 모른 척했다.

처음 이런 감정을 느꼈을 때
사랑이라는 단어만으로
우리가 감당해야 할 일들을
외면했고, 무시했다.

그것만큼 완전한 단어가 없었기에
충분히 극복할 수 있을 거라
자신했고, 확신했다.

하지만
그것 또한 조건부가 아니었을까.

비슷한 상황,
비슷한 사람끼리 시작했지만
어느새 우리는 다른 길을 걷게 됐고
다른 상황에 부딪히고
또 다른 모습을 하고 있다.

우리는 변하지 않았지만
너무 많은 것이 변했다.

감정을 앞세워 이뤘던 많은 것이
현실에 하나씩, 하나씩 막혀갔다.

이런 무력감을 느끼지 않으려고,
들키지 않으려고 노력했지만
그 세월이 벌써 몇 년이다.

누군가 인생은 길고
지금 이 순간은 찰나에 가까우니
속단하지 말고, 조급하지 말라고 했지만
내 앞은 점점 어두워졌다.

너에게 좋은 사람으로 남고 싶었고,
모자라지만 아낌없이 주고 싶었다.
너는 어떻게 느꼈을지 모르지만
너에게 할 수 있는 모든 것을 했다.

후회가 남지만
똑같은 상황이 온다 해도
현재는 바뀌지 않을 것 같다.

누구 탓도 할 수 없지만
오늘은
누군가에게 털어놓고 싶었다.

어쩔 수 없었다고,
네 탓이 아니라고.

그런 위로를
오늘은 받고 싶었다.

연인 사이의 일

사람을 좋아하는 데에
별다른 이유가 없는 것처럼,
헤어지는 데도 사실 별다른 이유가 없다.

정신 차려보니
좋아하고 있었고,
어쩌다 보니 또 상황이 이만큼
변해 있었던 거지.

연인 사이의 일이란,
전적으로 두 사람만의 문제이고
두 사람만이 알고 있다.

그렇게 예쁘던 우리에게도
이별이 찾아온 것처럼.

연인 사이의 일이란,

전적으로 두 사람만의 문제이고

두 사람만이 알고 있다.

그렇게 예쁘던 우리에게도

이별이 찾아온 것처럼.

그땐 내가 곁에 없을 거야

300일 가까이 사귀면서
나는 오빠에게
내가 할 수 있는 최선을 다한 것 같아.
매일 새로웠고,
점점 더 좋아졌으니까.

어떤 날은
내가 내 감정을 감당할 수 있을까,
싶은 날도 있었어.

점점 더 커져가는 마음이
무섭고 불안하기도 했으니까.
그만큼, 그렇게 좋았어.

우리가 같은 상황에서
각자 다른 처지가 되니
주변에서 많은 말이 오갔고,
나 역시 한 번도 없었던 일이기에
불안하고 무서워 투정도 많이 부렸잖아.

그때마다
남들이 뭐라 하든 우리가 할 일,
가야 할 그 길을 함께 걷자고,

그렇게 다독이는 오빠가 참 믿음직스러웠는데.

하지만
오빠의 그 마음이 오래가진 않더라고.
오빠는 중요한 사실을 잊고 있었는지 몰라.

새로운 사람,
새로운 환경이 재밌었겠지.
자극적인 부분들이 더 눈에 들어왔겠지.

신기할 테니까.
여태껏 보지 못했던 것들,
하지 못했던 일들을 하면서 정신이 없었겠지.

아마 이런 걸 깨닫게 되는 순간엔
내가 곁에 없을 거야.

지금은 내가 이렇게 아프지만
우리의 처지가 바뀌는 날도 있겠지.

다시 만날 생각은 없어,
불안하거든.

모든 남자에게
내 불안함을 보이진 않을 거야.
남자는 다 똑같다며 피하지도 않을 거야.

오빠만 그런 사람이지,
모든 남자가 그러진 않을 테니까.

좋은 사람,
많더라고.
나는 그런 사람을 위해 준비하려고.

언젠가 우리가 우연히 만나거나
스쳐 지나가면
그때는 그냥
조용히 스쳐가는 인연이 되자.

예전에 어땠고, 그때는 어땠고,
그렇게 말 섞는 일
없도록 하자.

우리 그렇게 하자.
잘 살아.

딱 이만큼의 인연

사소한 이유로 싸우던
그때는 몰랐다.
우리가 별것도 아닌 일들로 싸워
헤어지게 될 줄은.

처음 우리는 분명, 사랑했다.
남들보다 유별났고
남들만큼 애달팠으며
남들처럼 아꼈으니까.

다만, 시간의 벽을 넘지 못하고
상황이란 조건을 넘지 못했다.

그렇게 점점 변해간 우리는
서로에게서 조금씩
멀어지는 선택을 했던 것 같다.

서로에게 더 소중한 것들이
생겨나기 시작했고,
안일한 믿음으로
새로운 것을 좇기 시작했다.

인정하기 힘들었다.

내가 사랑한 모든 시간이
물거품이 돼버리는 것만 같아서.

나 때문임을 인정하기 싫었고
변해버린 너를 인정하기도 싫었다.

그렇게
너 없는 빈자리를 채워보고,
혼자만의 시간을 보내면서 느낀 게 있다면
우리는 딱
이 정도만큼의 인연이지 않았을까.

노력하지 않은 것도 아니고
사랑하지 않은 것도 아니지만
우리 관계는 딱
이 정도까지가 아니었을까.

그렇게
인정하고 나서야
나는 비로소 편안해졌다.

너를 놓아버린 것일 수도 있지만
나를 놓아버린 것이라 느꼈다.

이제 나도 살아야겠기에,
다른 행복을 찾고 싶기에,
나는 이렇게
말도 안 되는 이유로
너를 놓아버릴 거다.

part 2.
내가 너를
지울 수 있을까

아직 많이 보고 싶고

가슴속에 흥건하니

당장은 아니더라도 천천히 잊어보겠다.

우린 어째서

한눈에 반했고
하루하루가 행복했고
네 덕에 웃는 날이 많았었는데.

너는 어째서,
나는 어째서,
우린 어째서 이렇게 됐을까.

나는 그렇게 너를 떠났다

그때 너에게
난 참 바보 같은 사람이었다.

네가 하는 말에
토를 달지 않았고
시키는 대로, 하자는 대로
묵묵히 따라가곤 했다.

네 말에 그렇게 순종적이었던 것은
네가 한없이 좋아서였다.
나도 가끔은
아니, 꽤 자주 짜증나고 억울했었다.

그럼에도
입 밖으로 꺼내지 못한 것은
한마디를 내뱉는 순간
너와 모든 게 끝날 것 같아서였다.

몇 번인가,
최대한 마음 상하지 않게
조심스레 너에게 말했던 적이 있다.

그때마다 굉장히 불쾌한 표정이

이내 마음에 걸렸고,
이후로 바뀌지 않았으니까
더는 무슨 말을 꺼낼 수 없었다.

만나면 만날수록 외로웠고,
추억이 쌓이면 쌓일수록
우린 더 멀어지는 기분이었다.

헤어져서 아쉽지만
조금은 살 것 같은 기분,
네가 보고 싶지만
다시 만나고 싶지 않은 기분,
그게 지금 내 심정이다.

너를 만나
내가 할 수 있는 건 다한 것 같다.
그래서 아쉬움도, 미련도 없다.

나는 그렇게 너를 떠났고
그때 그 시절의 나를 돌이켜보며
다시는 이런 사랑을 하지 않으리라,
그렇게 다짐한다.

행복했다, 나는

너와의 이별은 아팠다.
생애 첫 이별은 아니지만
아픔은 오랜 여운으로 남아
쓰라린 기억이 되겠지.

이별의 순간까지 가기 전
우리에겐 많은 기회가 있었지만
서로가 한 움큼씩
그 기회를 저 멀리 던져버렸다.

그때는
나중에 만회해야지,
오늘만 날은 아니니까,
그런 식으로 미뤘었다.

그 순간에도 알았다.
이런 상황이 계속됐지만
서로가 노력하는 모습이
하나씩 줄어간다는 사실을.

너도 기억하겠지.
그렇게 다정했던 우리가
처음 말소리를 높이던 순간을.

어디서부터 어긋난 걸까.
6개월 전 그때부터였을까,
그전부터였을까,
아니면, 훨씬 더 전부터 그랬을까.

지금 이 순간도
난 네가 나쁜 여자라 생각하지 않는다.
아쉽지만 그저 맞지 않았다고 생각할 뿐.

좋은 여자인 건 틀림없지만
서로에게 더 좋은 사람이 되지 못했을 뿐.
그 사실이 나에겐 많이 안타까울 뿐.
그것뿐이다.

너를 감히 내 첫사랑이라 부를 수 있음에,
만나는 동안 행복했음에,
짧지 않은 시간 함께였음에

행복했다,
나는.

어디서부터 우린 잘못된 걸까

누구보다 좋았잖아,
우리.

근데
남이 되는 거, 한순간이더라.

우리가 했던 수많은 약속이
헤어지고 나서는
아무런 의미가 없더라.

우리에게는 결코
이별이 올 거라 생각해본 적 없었는데
그러던 우리도 헤어지더라.

한동안은
헛된 기대감에
사귈 때보다 더 많이
너의 페이스북을 들여다보고
시도 때도 없이 카톡을 열어보고
그렇게 되더라.

매일이 너로 시작해
너로 끝마치는 생활을 하게 되더라.

사실,
지금도 별반 다르진 않아.

아직도 많이 그리워.
아직도 널 추억해.

다시 돌아와줬으면 하는 마음 가득한데
너는 지금 정말 괜찮아 보여.
이런 나 자신만 초라해져.

어디서부터 우린 잘못된 걸까?

오늘보다 한 발자국

오늘보다 내일,
우리는 더 멀어지겠지.

내 곁에서
행복하다고 말하던 너는
오늘보다 한 발자국 멀어질 테고,
이제는 나 아닌 다른 사람에게서
행복을 느끼겠지.

지울 수 있을까

기억 속에서 웃는 네 모습은
이제 나 아닌
다른 사람의 것이 될 테고,
이제 우리는 그런 사이가 되겠지.

말하지 않아서

내가 생각하는 배려와,
네가 생각하는 배려가 달랐다.

나의 배려는
너에게 서운함이었고,
너의 배려는
나에게 막막함이었다.

서로를 잘 알았기에
서로를 위한 것이라고
우리는 그렇게 받아들였다.

그렇게 조금씩
어긋나는 줄도 모르고.

말하지 않아도
알 수 있을 거라 생각했지만
말하지 않아서
점차 포기하게 됐다.

서운함보다 기대가 컸기에
참았던 시간들이 포기로 변해가면서
그렇게 우리는,

아니 너와 나는 헤어졌다.

누구도 이기적이지 않았던 우리가
그렇게 자연스럽게 헤어졌다.

욕심부렸다면,
투정 부렸다면,
달랐을까?

지울 수 있을까

그랬다면 우린 지금과 달랐을까?

이제는 나를 흔들지 말아요

우리가 헤어지던 날,
기억하나요?

집 앞에 찾아가서 매달리던 나를
모질게 뿌리쳤죠.
그 후로 꽤 시간이 흘렀네요.

그동안 나는 어땠을 것 같아요?
어떻게 견디고 살았을까요?

밥도 넘어가지 않아 말라갔고,
마시지 않던 술도 마셨죠.
미칠 것 같은 마음을 풀 곳이 없어
매일 방황도 했지요.

계속 매달리고도 싶었지만
매몰찬 말과 눈빛이 마음에 걸려
매일 밤 눈물로 하루하루를 버텼어요.

우리가 사랑했던 시간들이
무척이나 선명해서
떠나버린 당신을 미워하지도 못했어요.

그 절실함이
단념으로 바뀌었는데,
왜 당신은 이제야 돌아오려 하나요?
그때는 잦은 다툼에 지쳤다고 말했죠?
또다시 반복되는 다툼을 감당할 수 있나요?

그거 알아요?
당신과 나의 다른 점은
그래도 난 당신의 손을
놓지 않으려 했다는 거예요.
하지만 당신은 그때 내 손을 놓았지요.

그 상처 속에서 마음을 다잡고 있는데
왜 이제 와 그러나요?

당신 목소리에
눈물이 터져 나오며
흔들리는 내가 싫네요.
나는 그때의 상처를 안고
당신에게 돌아가지 못할 것 같아요.

그러니
이제는 나를 기다리지 말아요.

우리에게는 결코

이별이 올 거라 생각해본 적 없었는데…

그런 우리도 헤어지더라.

시간이 지나면 보이는

한
발자국만 멀어져도
왜 내가 그 사람과
헤어졌는지 쉽게 알 수 있다.

코앞에 있을 때
보지 못했던 것들이
시간이 지나고
보일 때가 의외로 많기 때문에.

하루도 울지 않은 날이 없었다

헤어지고 많이 힘들었어.
몇 날 며칠을 울면서 지내도 봤고
네가 준 선물,
너와 함께 찍은 사진들을 보며
울기도, 웃기도 하면서 말이야.

돌이켜보니
하루도 울지 않은 날이 없었던 것 같아.

날 사랑한다고 말하던 사람이
한순간 남보다 못한 사람이 되고,
깔깔대던 우리에게
어느새 차가운 시선과
어색한 분위기만 남았다는 게
적응되지도, 적응하기도 싫었으니까.

그렇게 믿고 싶지 않은 현실과 마주하다
네가 다른 사람과 연애한다는 소식을 듣고
그제야 돌이킬 수 없다는 걸 알았어.

그전까지는 내가 바뀌면,
내가 노력하면 될 거라 생각했거든.
그런데 나만 그렇게 생각한 거더라.

그때부터 너와 난 한 발자국씩
멀어진 게 아닌가 싶어.

이제 한 발 내디뎠으니
이렇게 한참을 걷다 보면
언젠간 서로 닿을 수 없을 만큼 멀어지겠지?

참 멀어졌다, 우리.
난 아직 아니라고 생각했는데
냉정하게 우리 엄청 멀리 있네.

이제 알았으니까
나도 멀어지려고 노력할게.
마지막 노력을 할 때가 지금인 것 같아.
고마웠어.

난 도저히 모르겠다

마지막 너의 그 한마디가
나를 참 비참하게 만들었다.

나라는 사람이
이제 질린다는 그 한마디가
아직 머릿속에 남아 지워지질 않는다.

나의 어떤 행동이 너를 질리게 했을까.
6개월이 지난 지금도 난 도저히 모르겠다.

내 말 한마디
들으려 하지 않았던 너를
아직도 놓지 못하는 내가 한심하지만
마음이 생각처럼 되질 않는다.

꼭 너여야 한다는 환상

'그 사람은 내가 아니면 안 될 것 같아요.'
'나도 그 사람이 아니면 안 될 것 같아요.'

이 환상에서 벗어나지 않는 한,
지금의 아픔에서 벗어날 수 없다.

그렇게 사랑했던 우리는

끝나지 않을 인연,
끝내고 싶지 않은 인연이라 생각했기에
더욱더 노력했고,
더욱더 헌신했다.

내 노력의 끝은 너와의 이별이 아닌
행복한 결말일 거라 생각했다.
우리가 맞춰가는 모습이 좋았고,
난 그걸 운명이라 여겼다.

믿을 수 없는 벅찬 행복이 깨질까 봐
내가 불안해할 때면
넌 채워줄 수 없는
확신까지도 주려고 노력했다.

그로 인해 내 마음은 점차
너라는 사람에게 의지하게 됐고,
또 그러는 모습이 싫지 않았다.

그랬던 우리가
이렇게 헤어짐을 말하며,
각자의 길을 걷고
서로에게서 멀어지게 돼버렸다.

한동안 믿을 수 없었다.
그렇게 나를,
그렇게 너를 사랑했던 우리는
왜 이런 선택을 했을까.

내 생에 둘도 없는
사랑을 받은 만큼 그 상처 또한 깊고,
그렇게 믿었던 사람이
나를 떠날 수 있다는 생각에
다른 사랑은 생각조차 못하게 됐다.

아직도 난 너에게 받았던
문자, 편지, 메모, 선물…
그 어떤 것 하나 떨쳐내지 못했다.
아니, 당분간은 그럴 수 없을 것 같다.

그거라도 붙잡고 있어야
견딜 수 있는 나 자신이 한심하지만
아직은 못하겠다.

이별 후에 알게 되는 것들

이별 후에
그 사람과 행복했던 순간,
힘들었던 순간이 교차합니다.

만나는 동안에는 어리석게도
힘들었던 순간들만 기억하다가
이별한 뒤에는
행복했던 순간들만 떠올리게 되네요.

곁에 있을 땐 알지 못했던 것들을
이별 후에 알게 되니
사람 마음이란 게 참 간사해요.
그럴 때면 신에게 물어보고 싶어요.
왜 이별하기 전에는
이토록 행복했던 기억들을 감춰뒀는지.

이만큼 힘든 거라면
그때
다른 선택을 했을지도 모르는데….

자존심

그게 뭐 그리 대단한 일이라고…

지금 생각해보면
아무것도 아닌 일에
너무 예민했던 건 아닐까.

그것 하나 이해한다고
달라질 건 없었는데

괜한 자존심 때문에.

천천히 잊어보겠지만

우리의 연애는 짧았다.
하지만 그 사랑이
결코 가볍지 않았으리라 생각한다.

그러기에 쉽게
잊을 수 없다는 것을 알고 있다.

그리울 때면 그리워하고,
보고 싶으면 보고 싶은 대로
그렇게 너를 받아들이겠다.

아직 많이 보고 싶고
가슴속에 흥건하니
당장은 아니더라도 천천히 잊어보겠다.

그러나 우리가
다시 사랑할 수 있었으면 좋겠다는
바람만큼은 쉬이 버릴 수가 없다.

너의 어디까지

내가 이해했어야 하는지…

문득 생각난

너라는 기억에

이렇게 묻고 싶어졌다.

절망 속에 있으라 한다

난 너에게 빠졌고,
지금도 빠져 있다.

네가 빨리 보고 싶어
일찍 너의 집으로 향했다.

엘리베이터도 무서워할 정도로
심한 폐쇄공포증을 앓던 내가,
네 집으로 올라가는 그 10층이 설레어
두 눈을 꼭 감고 참았고

주인 없는 빈집에 남은 네 향기가 좋아서
체온이 날아간 이불 속에
한참 웅크리고 있었다.

먼지 알레르기 심한 네가 걱정돼
내 목이 퉁퉁
부어오르는 것도 모르고 청소했다.

국밥이라곤 쳐다보지도 않던 내가,
제일 좋아하는 음식이란 너의 말에
먼저 손잡아 이끌었다.

앳된 얼굴에 잘 어울리는
수수한 헤어스타일도 좋았고,
한방 향이 나는 샴푸냄새까지도 사랑했다.

너와 헤어진 뒤에도 날 바라봐주던
쌍꺼풀 없는 그 진한 눈을 갈구했고,
웃음기 없이 내려간 입꼬리를 여전히 탐하고 싶었다.

나지막이 깔린 목소리로 내 생일을 축하해주던,
세상에서 가장 좋아하던 목소리를
더는 들을 수 없음에 좌절했다.

너의 목에 두 팔을 두를 수 없음에,
내 허리를 꽉 안아주던 두 팔의 온기를
느낄 수 없음에 또 한 번 좌절했다.

추울 땐 서로의 체온이 제일이라며
내 다리를 감싸던 너의 다리가 어땠는지
이제는 기억나지 않는다.

너의 발등이 내 발등에
이제는 닿을 수 없다는 사실을 알았을 때,
내 입술은 한참 동안 흐느꼈다.

그 사실을 받아들이기 힘들어
나만의 절망 속으로 들어갔다.

이젠 다른 여자를 사랑한다고.
나를 사랑한다 말하던 입에서 나오는
그 잔인한 소리를 모른 척하고 싶었다.

다른 여자의 눈을 보며
사랑한다고 말할 너를,
입을 맞출 너를,
따뜻하게 안아줄 너를…

나를 사랑하지 않는다는 말보다
이제 너를 향해 사랑한다고 말하지 못할 나에게,
너의 눈동자를 내 눈에 담을 수 없다는 그 사실이
나를 여전히 절망 속에 있으라 한다.

네가 참 어렵다

너는 내가 익숙해졌던 걸까.
마음이 떠났던 걸까.
네가 처음이었던 내가
너는 혹시 가벼웠을까.

나는 네가 신기해할 정도로
너를 많이 알았는데,
돌이켜보면 나는
여전히 너를 모르겠다.

네가 참 어렵다.

말하지 못한 이야기

너와 나 사이
말 못 할 이야기를 가슴속에 묻어두고
아픔을 키워간 적이 있었다.

너와의 이야기를 다른 사람에게 꺼내면
혹시나 네가 욕먹을까 봐,
그게 싫어서 하나둘씩 쌓아둔 적이 있었다.

오랜 만남으로 생겨난 편안함이
나를 점차 무뎌지게 만들었다.
나의 전부를 너에게 인정받고 싶었던 것처럼,
나 또한 너의 모든 것을 이해해야 하는 줄 알았다.

그 생각조차 섣부른 욕심이었을까.
욕심부리지 않았다면 우린 달라졌을까.

싸늘한 바람이 데려온 너의 기억이
나를 또 헤집어놓기 시작했다.

혼자 남겨진 뒤에

네가 떠난 후,
혼자 남겨진 내가 할 수 있는 건
그저 생각, 생각,
끝이 보이지 않는 생각뿐이었다.

아직 두 달밖에 되지 않았고,
벌써 두 달이나 되었다.

사랑을 표현해달라는
너의 직접적인 말조차
왜 그땐 와닿지 않았을까.

사랑받지 못하는 기분이라는 너에게,
왜 그런 기분을 느끼냐고 되묻기만 했던 나.

우리가 사소한 이유로 자주 다퉜던 건
너에게 그 사랑받는 기분을
느끼게 하지 못했기 때문인 것 같다.

작은 믿음도 조각냈던 나를
어떻게든 믿어주려던 너였는데,
그게 정말 고맙고 미안한 일임을
뒤늦게, 절절하게 깨달았다.

내가 견디는 시간

너랑 이별한 지 얼마 안 된 지금,
솔직히 적응이 안 된다.

시간이 약이라는 사람들 말이 와닿지 않고
하루가 일 년같이 더디 흘러가고 있다.

다른 사람에게로 떠나버린 네가 밉지만
그동안 나에게 했던 너의 말,
너의 행동들이 머릿속에 맴돌아
완전히 미워하기도 힘든 시간들이 이어졌다.

처음 겪어보는 이런 상황을,
미워하고 싶지만
다시 만나고도 싶은 이 기분을
나는 견디기 힘들었다.

진짜 사랑했고,
그 순간만큼은 행복했다고 생각하며
애써 꾹 참고 있었다.

그러다 들려오는 너의 소식에
관심 갖지 않으려 다짐해도
마지막이라며 너의 흔적을 찾기도 했다.

길거리에 지나가는 사람들과
괜스레 너를 비교하고,
새로운 사람을 만날 때도 너와 비교했다.

지금 와서 크게 달라진 건 없다.
혹여나 또 버림받을지언정
다시 널 찾는다면 미련한 걸까?

언제라도 좋으니
다시 돌아오기를 기다린다면
바보 같은 걸까?

계속 버텨서
언젠가 널 다시 만날 수 있다면,
그러면 정말 바보 같은 걸까?

그를 보내고 나서야

힘들었나 봐요,
내가 못해준 게.

아팠나 봐요,
아무것도 몰랐는데.

내가 사랑 노래를 할 수 있다는 게,
그 사람에게 노래를 불러줄 수 있다는 게,

헤어지니까 보이더라고요.
그 사람이 느꼈을 아픔까지도.

나는 왜 그 사람을 보내고 나서야
그를 알게 됐을까요.
함께 있을 때
난 진짜 행복한 사람이었는데.

우린 너무 힘들게 사랑했다

우리가 헤어진 지 얼마나 됐을까?
네가 없는 시간이 너무 길고 슬퍼.

헤어지자는 너의 말이
관심을 바라는 말인 줄 알았는데,
그게 정말 끝이 될 줄이야.

내일이면 연락이 오겠지.
아니면 모레, 또 글피…
그 다음 날도 핸드폰은 울리지 않더라.

그렇게 허무한 이별을 맞이하고
술만 찾게 되더라.
술이라도 먹고 잠시나마 잊어야
버틸 수 있고, 견딜 수 있더라.

어느 밤,
불려 나간 자리에서 만취한 너를 보고
어찌나 마음이 아프던지.

너도 힘들구나.
너도 나만큼 힘들구나.

그럼에도 우리가
다시 시작하지 못하는 것은
그날 너의 대답 때문이겠지.

우린 너무 힘들게 사랑했다고,
그래서 이렇게 된 거라고.

취한 네 입에서 나온 그 한마디가
이제 우리는 정말 끝이라고
도장을 찍는 것 같았어.

너를 생각하고, 나를 생각해서
놓아야 하는 게 맞지만,
너무 힘이 든다, 아직까지는.

그냥 네가 다시
돌아왔으면 좋겠다는 생각뿐이다.

그랬으면 좋겠다

네가 나 때문에
많이 흔들렸으면 좋겠다.

언제라도 좋으니
네가 나 때문에
많이 흔들렸으면 좋겠다.

이런 나, 나쁜 건가?

정말 아무렇지 않은데,

울지도 않았는데,

왜 아직 내 안에 살고 있을까, 너는.

사랑을 믿지 않았다

많은 사람이 사랑 때문에 아파할 때
그러지 않는 나를 보며 어른스럽다고 생각했다.
하지만 너를 만나고 비로소 알았다.
내가 그동안 얼마나 오만했는지.

너를 만나 생글거리는 기쁨을 알았고
너를 잃어 찢기는 마음을 알았다.

내가 어른스러워서가 아니라
아직 경험하지 못한 것들에 대해
나는 잘못된 판단을 하고 있었다.

미치도록 그립다는 말이
무슨 뜻인지 이제는 알겠다.
너의 얼굴, 너의 향기, 너의 모습…
사무치게 그립고, 그립다.

다시 너를 볼 수 없다는 생각을 하면
응어리진 마음이 더욱더 나를 옥죄어온다.

비가 오는데 너는 떠나간다.
비가 그칠 때쯤엔 다시 돌아올까?

사랑의 끝맛

언젠가 내게
단 한 번, 기적 같은 순간이었던 그날은
따스한 햇살이 온몸을 감싸주던
어느 꽃 피는 봄날이었던가.

4월의 어느 날,
너는 달큼한 꽃향기를 품은 산들바람으로
내게 찾아오더라.

이십 대의 끝자락에 있던 나와
삼십 대의 고단함을 어깨에 짊어진 너는
서로 등을 맞댄 채 무슨 생각을 했던 걸까.

나는 아직도 기억하고 있어.
깊어가는 새벽녘
우리가 나눴던 수많은 이야기를.
고단한 하루를 마치고 걷던 길 위에서
우리가 나누었던 사소한 일상들.

마음 둘 곳 없는 이 세상에
너 같은 사람은 오직
너 하나뿐이더라.

새로운 사람이 생겼다는 소식 들었어.
감사드려야겠지.
이토록 아름다운 날,
아름다운 네 곁을 지켜주고 있음에.

첫맛은 달콤했지만
끝맛은 지독히 썼던 그 술처럼
우리가 너무 쓰다.

나를 설득할 수 없는 밤

너를 조금은
덜어냈다고 생각한 순간,
너는 불현듯 나타나 내 마음속을 헤집는다.

마지막 너의 말을 똑똑히 기억하건만
가끔씩 몰아치는 너를
나는 아직도 감당할 수가 없다.

그럴 때면 어떻게 해서든
너를 만나고 싶고,
너를 붙잡고 싶고,
너와의 시간을 다시 잇고 싶다.

어떤 이성적인 말로도
나 자신을 설득할 수 없는
혼란스러운 시간이 덮쳐오기만 한다.

그럴 때면 무기력하게
내 모습을 바라볼 수밖에 없고,
네가 홀연히 찾아왔듯
무심히 지나가기만을 바란다.

오늘 이렇게 찾아온 너를
나는 언제쯤
후련히 떠나보낼 수 있을 것이며,
몰아치는 너의 생각을
언제쯤 자연스레 흘려보낼 수 있을지.

그런 날을 바랄 수도,
바라지 않을 수도 없는 혼란스러움에
오늘 또 나를 맡긴다.

더는 내 것이 아닌

슬프다.

나만을 바라보던 너의 눈빛이,
내 옆에 나란하던 너의 발이,
내 손을 만지작거리던 너의 손이,
나를 항상 반기던 너의 입술이,
더는 내 것이 아니라는 게.

네가 없는 평범한 날들

네가 없는 평범한 날들로
다시 돌아갈 수 있을까.
네 덕에 바라보게 된 하늘도
이렇게 멀어져만 가는데.

너 없이도 나는
똑같은 하늘을 바라볼 수 있을까.

너 없는 삶을 생각해본 적 없는 나라서
앞으로의 나날들을
홀로 견뎌낼 수 있을지 두렵다.

영화 속 한 장면을 보다가
문득 네 생각에 잠긴다.
너도 같은 장면에서 나를 추억할까?

그런 생각이
머릿속에 가득 차오르면서
왠지 모를 씁쓸함이 밀려왔다.

그때의 우리가

너를 지워보려
친구를 만나고, 새로운 취미를 배운다.

혼자 있는 시간이 무서워
꼭 누군가와 함께 있으려 노력한다.

혼자 집에 가는 버스 안,
친구와 웃고 떠들면 생각나지 않던 네가
불쑥 떠오른다.
마치 기다리고 있었던 것처럼.

선명하게 웃는 모습이 떠오른다.
너무나도 아름다워 섬뜩한 그 표정이 떠오른다.

한 편의 공포영화를 본 것처럼
소스라치게 놀라지만
내색할 수가 없다.

그렇게 혼자 있는 시간이 무섭다.
핸드폰의 연락처를 뒤적거려
이 시간에 나올 만한 사람을 찾지만
이내 포기하고
상상 속 너의 얼굴과 마주한다.

예상보다 더 많이,
예상보다 더 선명하게,
예상보다 더 아름답게 포장된 너는 나를 괴롭힌다.

지금 나와는 다른 너의 모습이
또 다른 상처로 다가온다.

그럼에도 자꾸 생각이 난다.
그때의 너와,
그때의 내가.

아주 사소한 안부

궁금하다,
너의 아주 사소한 시간들이.

밥은 먹었는지,
뭘 먹었는지,
먹고 나서 살찔까 봐 걱정하진 않는지.

어디 또 아픈 건 아닌지,
매번 볼 때마다 골골대는 너니까.

부디 혼자 아프지 않기를….

지금 나와는 다른 너의 모습이
또 다른 상처로 다가온다.

그럼에도 자꾸 생각이 난다.
그때의 너와, 그때의 내가.

너는 알까

매일 너를 잊겠다고 다짐해,
하루에 수십, 수백 번씩.

친구들에게는 잊었다고 거짓말을 해.
그런데 우연히 들은 이별 노래에
와르르 무너지고
숨겨왔던 감정들이 쏟아지더라.

정신이 들면 그 마음들을
주워 담아 후회하면서도,
그때의 어쩔 수 없음을 인정하면서
그렇게 계속 반복해.

언제나 끝이 날까?
너는 내가 이러고 있는 걸 알까?
힘들어하고 있는 나를,
너는 알까?

아직까지 널 그리지만

너와 헤어진 뒤
하루 종일 떠오르는 네 생각에
나는 눈물만 흘리다 잠이 든다.

언뜻 들리는 네 소식에
하루하루 견디던 나는 다시금 무너진다.

내가 아닌 다른 사람 때문에
힘들어하는 모습을 보며
한심하다 느끼지만
마음처럼 잘 되지 않는다.

아직까지 널 그리며 보내는 이 시간이
정말 바보 같지만
그래도 한 가지 위안을 삼는 것은
너와 함께했던 시간이 행복했고,
그 시간만큼은 축복이라 생각하기 때문이다.

언젠가 괜찮아질 날들을 위해.

추억을 아름답게 간직하는 법

전화벨이 울린다.
익숙한 번호가 찍힌다.
단번에 너라는 생각이 들었지만
쉽사리 통화 버튼을 누르기 힘들었다.

헤어지고 종종 이렇게 연락이 왔고,
갈등 속에 전화를 받기도,
또는 받지 않기도 했었다.
나도 모르게 언제쯤 연락이 왔었는지
기억을 더듬었다.

전화가 울리고
너라는 확신이 들면 몹시 설레기도 했지만
심장이 쿵 내려앉기도 했다.
백 미터를 전력 질주한 것처럼
심장이 가쁘게 뛰었고, 곧 불안감이 몰려왔다.

네 목소리가 사무치게 그리울 때면
우린 의미 없는 몇 마디를 나누다 끊곤 했다.
받을 때가 차라리 속 편하기도 했다.

사실 나는 우리가 다시 만난대도
행복할 수 없을 것 같다.

그럼에도 너는
종종 이렇게 연락을 하곤 했다.
그럴 때면 전화를 무음으로 돌려놓고
한참을 멍하니 핸드폰을 바라보곤 했다.

고작 1분을 간신히 넘는 울림이지만
한 달은 족히 마음이 흔들리곤 했다.

그래도 한때는
나보다 사랑했던 사람을 밀어내고 있는
나 자신이 어이없으면서
마음 아프기도 했다.

이쯤에서 끝내는 것이
아름다운 추억을 그나마
오래 간직하는 게 아닐까…

생각은 이래도
아직은 너의 연락이 힘들다.
너의 번호를 보고 있어도 힘들다.
목소리를 듣지 않아도 힘들다.
끝이라고 생각하는 것 자체도 힘들다.

언젠가 나도 너처럼

첫눈에 반해 용기 내어 연락했고,
그 후 우린 자연스레 연인이 되었다.
그로부터 우린 참 많은 시간을 함께했다.

술을 좋아하는 너, 술을 좋아하지 않는 나.
구속되기를 싫어하는 너, 통금 시간이 있었던 나.
나 없이 즐거운 시간을 보내는 게 좋았던 너,
진종일 너와 함께 있고 싶었던 나.

일하는 방식 때문에도
활동하는 시간이 너무도 달랐던 우리였다.

오랜 시간을 같이 보내며
많이 다투기도 했지만
'우리'였기에 행복했다.

그런데 많이 달라서였을까?
넌 나에게 헤어짐을 고했고,
그때마다 난 진심을 다해 널 붙잡았다.

그리고…
꿈같았던 5년 연애가 끝나버렸다.

시간이 지나,
너는 지금 그 여자와 행복하겠지만
하루하루 지날수록 나는
지난 추억이 더 또렷해지고 선명해져만 간다.

널 원망하고 미워하기도 했지만
다시는 널 만나고 싶지 않아
울컥하는 감정을 애써 달래며 하루를 보낸다.

언젠가 나도 너처럼
행복할 수 있는 시간이 오겠지만
아직은 내가 미련이 남았기에
너도 나만큼 아팠으면 좋겠다고 생각한다.

네가 조금은 아프고 힘들었으면 한다.
아직도 과거에 살고 있는 나지만.

좋은 사람으로 남아주길

자기가 사랑했던 사람을
어떻게 한두 마디로, 한두 시간에
표현할 수 있겠어요.

그렇게 설명한다고
그 사람에 대해
혹은 그 사람과의 관계에 대해
내가 느끼는 감정들이
정확히 표현될 수 있을까요?
제대로 전달될 수 있을까요?

내 지인들에게도 멋지게 기억될
좋은 사람으로 남아주세요.
내가 사랑했던 사람이니까.

무엇으로 너를 잊을까

괜찮아질 만하면 생각나고
잊을 만하면 다시 떠오른다.

좋은 기억을 떠올리며
그리워해도 바뀌는 건 없고,
나쁜 기억을 떠올리며
원망해도 잊지 못하는 걸 안다.

이미 돌아선 네 마음은
나에게로 향하지 않을 테고,
변해버린 마음을 탓하는 것도
부질없다는 걸 깨달았다.

시간이 흐를수록 상처는 커져갔고,
다른 사람을 만나
네 흔적을 지우려니
오히려 빈자리는 점점 더 커져만 갔다.

매일 술에 취해 집으로 돌아오는 길,
이유 모를 눈물이 흐르곤 한다.
사진 속에서 너와 함께 있는 나는
세상에서 가장 행복하게 웃고 있더라.

세상 모두가 날 위로해도
너 없는 공허함은 쉬이 가시지 않고
생각하지 않으려, 억지로 떨쳐낼수록
나만의 공간에는 온통 네가 차오른다.

우리가 이별한 것을
다시 한 번 실감하는 오늘,
난 무엇으로 너를 잊어야 할까?

아무데서나 울어버리기엔
나이를 먹었고,
인생은 어차피 혼자라며 웃어버리기엔
아직 어린 나이.

나는 오늘도 네 생각에
이러지도 저러지도 못한 채
그렇게 하루를 보낸다.

시간이 지날수록 선명해지는

너와의 기억이

나를 몸서리치게 만든다.

그래서 묻고 싶어

너와 비슷한 이름만 들어도
귀를 쫑긋 세우게 되고
무얼 보든, 무얼 듣든
어떤 재밌는 일이라도 있으면
너한테 들려주고 싶더라.

나는
네 생각밖에 안 나서 돌아버리겠는데
너는 잠깐이라도 내 생각을 할까.

내 생각을 안 해도
지금 네가 뭘 하고 있는지만 알고 싶다.
찰나의 순간이라도 공유한다면
나는 그것으로도 행복할 테니까.

그래서 묻는 거야.
지금 뭐 해?

그날의 기억

힘이 들었다,
예전과 다른 너의 모습.
함께한 3년의 세월,
돌이켜보면 참 행복한 시절이었는데…

그 기억으로
계속 버티고 있었다.

오래 만나서였을까,
반복되는 일상이 지루하게 느껴지듯이
나라는 존재가 네게 지루함의 연속이었을까.

하루를 지내고,
이틀을 참고,
한 달을 견디다,
결국 얼마만큼 버텼는지 모르던 그날에
너에게 말을 꺼냈다.

이제 우리 그만하자고.

이 말을 꺼내기까지
참 오랜 시간이 걸렸는데,
내뱉는 데는 단 몇 초밖에 걸리지 않았다.

말을 꺼냄과 동시에
온몸에 힘이 풀려버리는 것 같았다.
참아왔던 감정이 울컥 쏟아졌지만
차마 네 앞에서 눈물을 보이고 싶지 않았다.

마지막 기억만큼은 아름답기를 바라며
나는 그렇게 입술을 꼭 깨물고
뒤돌아 걸었다.

하염없이 걷다가
이내 아득해졌다.

여태까지 너와 지내면서
행복했던 기억,
즐거웠던 추억,
소소한 일상들이 눈앞을 스쳐 가는데
그 순간만큼은 견딜 수 없었다.

네 앞에서 참아왔던 눈물,
그동안 견뎌왔던 아픔,
앞으로는 혼자라는 사실이
쏟아지듯 그 순간 터져 나왔다.

맥이 빠지고 어지럼증이 올라왔다.
아무것도 할 수 없었고
아무도 찾을 수 없었다.
무엇을 해야 할지 몰랐고
어떻게 해야 하는지 몰랐다.

그저 모든 것을 잃었다는 상실감에
그대로 주저앉아 목 놓아 울었다.

목표를 잃은 사람처럼,
꿈을 포기한 사람처럼,
삶의 의미가 사라진 사람처럼,
그렇게 나는 무의미한 하루를
흘려보내고만 있었다.

한 달쯤 되던 날이었던가,
너에게 다시 연락이 왔다.
아무렇지 않은 듯
미안한 기색도 없이
그저 잘 지냈냐는 연락이.

화가 났다.
한 달가량 내 세상은 지옥이었는데

아무렇지 않게 연락이 오는 그 순간
나 자신이 너무 비참했다.

내 아픔의 결과가
고작 이렇게 의미 없는 행동이라니.

자기를 이해해달라는 말에
한마디를 덧붙인 후
너는 모든 것을 정리했다.

다시는
너의 연락이 나에게 닿지 않기를 바라고,
나의 소식이 너에게 닿지 않기를 바란다고.

시간이 꽤 많이 흘렀지만
가끔씩 찾아오는 기억에
밤잠을 설치기도 한다.
그래서 이런 글을 남겨보곤 한다.

다시 한 번 만날 수 있다면

헤어진 순간부터 지금까지
한순간도 너에게 멋있었던 적이 없었다.
사랑이란 이름으로 널 붙잡으려 했지만
미련이란 이름으로 옭아맸다.

그 순간은 그것이 사랑이라 되뇌었고
그 순간은 그것이 고귀하다 여겼다.

지금 다시 그 순간으로 돌아간다 하더라도
내 행동이 달라질 것 같지 않지만
이제 너에게 지질하고 싶지 않다.

지울 수 있을까

어디서 어떤 순간에 다시 만날지 모르지만
평생 다시 볼 수 없을지도 모르지만
다시 한 번 만날 수 있다면
그땐 조금 멋진 사람으로 기억되고 싶다.

그게 내가 너와 만들 수 있는
마지막 기억이길 바란다.

당신을 놓지 못하는

헤어진 지 벌써 7개월…
왜 아직도 난 그대 생각으로 힘들까요.
왜 자꾸 꿈에 나타나서 날 괴롭히나요.

이제 그대를 놓아줘야 하는데,
언제쯤이면 당신을 완전히
내 마음속에서 보낼 수 있을까요?
과연 보내긴 할 수 있을까요?

마음이 떠나간 것을 알고
희망이 없는 것도 아는데,
알면서 왜 나는
당신을 놓지 못하는 걸까요.

이제 떠나줘요,
내 마음속에서.

언제쯤이면

언제쯤
다시 웃을 수 있을까.
조금은 괜찮아진 줄 알았는데.

많이 의지한 만큼
네 빈자리가 너무도 크다.

하루만이라도 네가
머릿속에서 사라졌으면.

지울 수 있을까

우리의 추억을 지우기엔
아직
되돌리고 싶은 게 너무 많다.

언제쯤

다시 웃을 수 있을까.

조금은 괜찮아진 줄 알았는데.

억지로 지우지는 않을 거야

울고 싶은 만큼 울 거야.
보고 싶은 만큼 보고 싶어도 할 거고
생각도 할 거야.

시간이 흐르면 흐르는 대로
슬픔이 찾아오면 찾아오는 대로
때로는 아프고,
때로는 힘들기도 하겠지만
묵묵히 견뎌낼 거야.

너를 억지로 지우지는 않을 거야.
시간이 지나면 무뎌질 거라 생각하니까.

그런 날들을 위해
오늘 이 시간을 차분히 견뎌낼 거야.

그때 내가 좋아했던 너

지금 너에게 미련이 있는 것도,
관계를 되돌리고 싶은 것도 아니야.

예전에 우리 예뻤던 모습,
사소한 것 하나까지 신경 쓰고
걱정하던 너의 모든 행동,
그때 나를 향한 그 마음이 그리울 뿐이야.

네가 돌아온다 해도,
너와 다시 사랑하지 않길 빌어.

너와 다시 만나고
그 짧은 시간 동안
사랑받는다는 느낌을 가져본 적이 없어.
그래서 더 힘들고 더 지쳤던 것 같아.

너에게 나는 그 정도밖에
안 되는 그런 사람이었나 봐.
같은 이유로 이별을 통보받았을 때,
그 심정은 말로 표현할 수 없을 만큼
억울하고 불편했던 것 같아.

다신 보지 말자는 말,

후회 안 해.
우리 다시 보지 말자.

그동안 참 많이 힘들어했던 나에게
너는 너무 아픈 상처로 남아버렸네.
정말 사랑했는데 말이지.

언젠가 우연히 지나쳐도
모른 척하자.
잘 지내.

마음속에 네가 가득해

너와 함께한 시간,
정말 행복했어.

함께했던 모든 시간이
이제 추억으로 남겠지만
내 인생에서 그때와 맞바꿀 무언가를
지금 당장 찾을 수는 없을 것 같아.

내가 무심코 내뱉은 한마디가
혹시 너에게 상처를 줬다면 미안해.

하지만
너를 사랑한 그 시간만큼은
진심이었고, 가장 큰 기쁨이었어.

우리가 멀어진 지금
이런 말을 하는 것도 우습지만
아직까지도 마음속에 네가 가득해.

우리는 어디까지가 진심이었고,
어디까지가 거짓이었을까.
너의 마음은 언제부터 식기 시작했고,
나는 언제부터 눈치 챘을까.

우리가 이별했던 추운 겨울이
어느덧 다 가고 말았는데
너는 잘 지내고 있을까…
벌써 괜찮아졌을까…
다른 사람이… 생겼을까.

많은 것이 궁금하고,
신경 쓰이지만
그때의, 그날의 우리가 아니니까.
찬란하게 빛나던 우리가 아니니까.
이제는 그냥 추억으로 남았을 뿐이니까.

물이 흐르고
계절이 돌고 도는 것처럼
각자의 자리에서 서로를 지켜보자.

함께한 시간,
잊지 못할 추억을 남겨줘서 고마워.

내 첫사랑은 넌데,
나에게 첫사랑의 기억은
많이 아플 것 같다.

너를 지우며

돌이켜보면
너에게 난 정말 나쁜 사람이었다.

나 힘든 것만 요구했지,
정작 네 아픔을 어루만져주지 못했고,
나라는 짐까지 짊어지게 했던 것 같다.

헤어진 지 한참이나 됐지만
내가 너를 끊어내는 것이 옳다고 생각해.

지울 수 있을까

"우린 남들과 달라."
"우린 서로에게 마지막 연인일 거야."
그렇게 다짐했지만
우리에게도 끝이 있더라.

나를 보며 웃던 너의 얼굴,
따뜻한 너의 말,
자상한 너의 행동 하나하나…
지울 것이 너무도 많지만
어쨌든 시도해보려고 한다.

나에게 남은,
너의 모든 것을 이제 지우려 한다.

네가 오지 않는 밤에

나의 일상에 이제 너는 없다.

다 잊은 듯이 하루를 보내고
집으로 돌아와 침대에 누우면
너와 함께 웃고 떠들었던 순간들이 밀려와
하루 동안 참았던 눈물이
미친 듯이 쏟아진다.

얼마나 더
네가 오지 않는다는 것을 알아야
비로소 나는
우리의 이별을 인정할 수 있을까.

나는 널 잊은 척 살고 있지만
여전히 잊지 못했다.

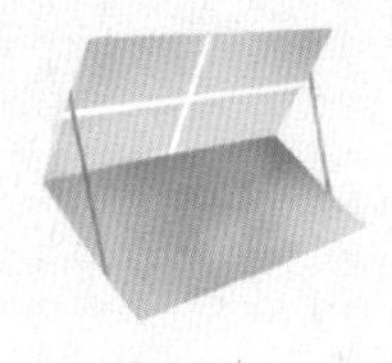

가득 채워도 빛으니

남김없이 덜어내보기도 해야지.

넌 그런 성격 아니니까

너와 쇼핑하는 꿈을 꿨다.

이럴 줄 알았으면
커플 티 사자고 할 때 잔뜩 사놓을걸.
헤어지고 나서
내 생각이 날 만한 물건들을 잔뜩 안겨줄걸.

눈에 보이는 물건들마다
곳곳에 네가 서려 있다.

아, 저 영화 개봉하면 같이 보기로 했었지.
아 저거,
네가 참 좋아하는 음식인데.
하지만 넌
이제 네 길만 보면서 걸어가겠지.

네가 이 글을 못 볼 걸 아니까 하는 말인데,
네가 많이 아팠으면 좋겠어.
행복하지 않았으면 좋겠어.
누굴 만나든 상처 받았으면 좋겠어.
네가 나에게 줬던 기분을
그대로 느꼈으면 좋겠어.

난 소인배라
서로를 축복하면서 헤어지는 건
도저히 못하겠다.

혹시나
술 먹고 전화라도 하지 않을까?
언젠간 찾지 않을까?
막연한 기대를 하게 된다.

하지만
넌 그런 성격이 아니니까
이 글을 볼 일도,
날 다시 찾을 일도 없겠지.

괜찮다는 착각

술을 마시면
생각을 곱씹곤 해요.
그럴 때면 눈물이 나기도 해요.

더 미안하고,
더 사랑하고,
더 보고 싶고…

그렇다고 진심이 전달되지는 않아요.
그냥 그렇게 착각을 해요.

더 미안하고,
더 사랑하고,
더 보고 싶으니까.

이런 마음이 든다는 이유로
이미 괜찮아졌다고 생각해요.

나는 이런 마음을 갖고 있으니까
그 사람을 아낀다는 착각.
그게 제일 무서운 것 같아요.

말하지 않아도,

전하지 않아도,
내가 이런 마음이니까 괜찮다는 착각.

그래서
다들 그렇게
술 먹고 전화하고 그러나 봐요.

사소한 기억

너라는 사람이 곁에 머물 때,
네가 싫어하는 행동들을
자제하고 조심하며 살았는데.

네가 곁에서 떠난 지금도
습관처럼 남았다.

문득 떠오르는 사소한 기억 속에
아직도 네가 머물고 있음을 느낀다.

그때 너를
많이 좋아하긴 했나 보다.

너의 진심

널 처음 만났던 계절이 왔어.
그래서 그런지 그날들이 많이 생각나.

하늘의 별도 따줄 것 같았던
헌신적인 모습과 세심한 표현,
날 위해주던 행동들.

때론 부담스럽기도 했지만
너는 그렇게,
천천히 마음에 스며들더라.

언제부터였을까?

네가 날 떠날 것만 같은
불안을 느끼기 시작한 것이.
예전과 다른 너의 말투와 행동 때문에
예민했던 것이.
나의 서운함이 너에겐
귀찮음이 돼버렸던 것이.

달라진 네가 이해되질 않아.
처음부터 그러지 말지.
시작하지 말지.

나 때문에 변한 걸까,
원래 그런 사람이었을까?
어떤 모습이 본래 너인지 모르겠어.

둘 중 어떤 모습이라 해도
슬플 것 같아.

그때와 지금,
너의 진심은 뭐니?

너는 여전히 그런지

많이 보고 싶다.
처음엔 정말 미웠고, 원망스러웠다.
그런데 여전히 네가 보고 싶다.

나와 함께 하자던 일들을
다른 사람과 하고 있는 너를 보자니
이런 마음이 참 부질없구나, 싶지만
내 마음이 내 마음대로 되지 않기에
나는 여전히 네가 보고 싶다.

너는 여전히 아파트 앞 벤치를 좋아하는지,
여전히 그 OST를 자주 듣는지,
오늘도 맥주를 마시며 산책하는지,
너를 생각하면 쏟아져 나올 그 행동들을
한결같이 하는지 말이야.

너의 삶에서
나만 빠져나온 것은 아닐까?
그런 생각을 할 때마다
그때가 꿈이었나 싶다.

나는 행복하다고 믿는 그때를
너는 이미 잊고 살지는 않는지,

기분 나쁜 추억이 되진 않았는지,
그런 생각들을 많이 하게 된다.

나도 너와의 인연을
이어갈 수 없다는 것을 잘 알지만
못다 한 그때의 추억이 마음에 남는다.

그때의 네가 그리운 건지,
그때의 우리가 그리운 건지,
그때의 내가 그리운 건지.

너의 향기

지하철에
너와 같은 향수를 쓰는 누군가가 탔다.
가만히 눈을 감고
예전의 너를 상상했다.

그때의 네가 그리운 건지,

그때의 우리가 그리운 건지,

그때의 내가 그리운 건지…

연락은 하지 않을게

우리 헤어진 지 벌써 몇 달이 흘렀어.
덤덤한 척 오빠를 보내고
홀로 돌아오는 버스에서 참았던 눈물이 터져
가슴을 부여잡고 울었던 게 엊그제 같은데,
시간 참 빠르다.

처음엔 우리가
헤어졌다는 사실을 받아들이기 힘들었어.
한두 번 연애해본 것도 아니면서
왜 이번만은 다를 거라고 생각했는지.

그렇게 울며불며 붙잡아도
차갑게 돌아서던 오빠의 뒷모습을 보면서
원망스럽기보단 마음이 너무 아프더라.

잘 지내지?
시간이 약이라는 말, 거짓말 같았는데
정말 서서히 무뎌지더라.

연락은 하지 않을게.
그냥 행복했으면 좋겠어.
오빠를 만난 그 시간은
정말 좋은 기억으로 남을 것 같아.

나는 아직 헤어지고 있다

오랜 단절 끝에
환상이 겹겹이 쌓여
너는 나에게 애틋한 존재가 되었다.

언제쯤
망상 속의 너를 이따금씩 꺼내
그땐 그랬지, 하며
태연히 곱씹어볼 수 있을지.

나는 아직 헤어지고 있다.

그렇게 멀어진 너에게

참 무더웠던 그해 여름, 우린 처음 만났다.

나보다 어린 넌 처음부터 말을 놓아서
뭔가 싫은 생각이 들었고,
낯선 경험이어서 그런지 관심이 가더라.

마음이 생겨나고 관계가 진전되면서
사랑이 시작될 것 같은 그 기분을
나는 애써 외면했다.
또 상처받을 거라는 거 아니까.

자기는 다르다고,
과거와는 다를 거라고,
진심 어린 눈빛을 보내는 너를
나는 거절할 이유와 방법을 몰랐다.

그렇게 '우리'가 되었고,
그해 겨울을 남부럽지 않게 보냈다.

아웅다웅 다투면서도
그 추억들이 기분 나쁘지 않았기에
사랑도, 다투기도 열심이었다.

겨울을 싫어하는 나였지만
네가 있어서 그해 겨울은
참 예뻤고, 따뜻했고, 행복했다.

그랬던 네가 어느 날
한마디 말도 없이 갑자기 사라졌다.
마치 신기루처럼.

갑자기 사라진 네가 밉다가
또 나 자신이 미웠다.
내가 상처가 되는 짓을 했을까…
네가 떠나간 이유가 나인 것만 같아서,
그래서 놓지 못했다, 너를.

가까스로 찾아낸 네 연락처,
대답이 없어도 지겹도록 연락했다.
무슨 말이라도 듣고 싶어서,
정말 어떤 말이라도.

내가 항상 신경 쓰던 그 사람,
그 사람이 너의 새로운 사람이 됐더라.

내가 너를 몰랐던 걸까,

아니면 알면서도 모른 척했던 걸까.
그래서 더는 나를 원망하지 않는다.

아직도 너를 비워내지 못했지만,
여전히 네가 보고 싶고 그립지만,
생각하면 여전히 마음이 찌릿하지만,
이제 나를 원망하지 않는다.

그렇게
내 곁에서 멀어진 너이기에.

언니의 충고

진지하게 말하는데,
미련 두지 마.

그 사람과 쌓아올린 추억이
행여나 그 사람의 마음을 돌려
다시 돌아오지 않을까 생각하겠지만
그런 생각이 너를
가장 힘들게 하는 법이거든.

그 사람과 너는 딱 거기까지인 거야.

나이 먹고 돌이켜보면
'그땐 그랬지', '맞아' 하고
고개를 끄덕이며 넘기게 될 거야.

이제 그 사람을 사랑하고 아껴주는 건
다른 사람의 몫이니 그만해.

네 사랑과 열정을
다음에 올 사람에게 줄 수 있도록
잘 간직해두렴.

아주 가끔 옛 생각

사랑한 기억, 남겨진 추억들을 잊을 수 있을까요?
정말 시간이 지나면 모든 것이 잊힐까요?
잊을 수 있을 때쯤에는 또 다른 사랑이 찾아오겠죠?

그래도 언젠간 아주 가끔 생각이 나겠죠.
아주 가끔 옛 생각에 빠져 눈가를 적시곤 하겠죠.

하지만 당분간
그 사람과의 추억은 잊히지 않을 것 같아요.

좋은 추억을 선물 받았기에
소중히 간직할 수 있었고,
좋은 모습만을 기억할 수 있게 해줘
고맙단 말을 전하고 싶네요.

함께여서 행복했습니다.
감사했습니다.
사랑했습니다.

새로 연애를 시작한 너에게

오늘 네가 새로
연애를 시작했다는 소식을 들었다.
그 순간을 나는 덤덤히 받아들일 수밖에 없었다.

너의 SNS를 보니
나 아닌 다른 사람과 함께인 네가 있더라.
우린 이미 헤어졌는데, 눈물이 가득 맺히더라.

가슴이 답답하고 막막했지만
내가 할 수 있는 일이 아무것도 없었다.
너와 내가 주고받았던 물건들을 하나하나 살펴보며
화나고 슬프고 갑갑한 마음과 마주 앉았다.

이제 와 너를 다시 붙잡고 싶다는 생각보다
그때의 내가 진심이었다는 걸
네가 알아줬으면 하는 마음이 들었다.

잊히기 좋은 기억보다,
잊히지 않는 좋은 기억이 되길 바라는 마음,
그뿐이다.

그 사람과는
아프지 않고 행복하길 바란다.

part 3.
다음엔 혼자
뜨거워지지 않길

내 기억 속 행복이 너라서 감사해.

사랑이 뭔지 알게 해준 너에게 감사해.

너의 무엇이 불안했을까

너를 알기 전에는
혼자 있는 것이 외롭지 않았다.
홀로 있는 시간이 익숙했고
딱히 누군가와 연락하는 것이 귀찮았다.

만나서 기분 좋은 사람들만 만났고,
여유로운 나만의 삶을 살고 있다 여겼다.

누군가를 꼭 만나야 할 이유를 찾지 못했고
이렇게 지내는 것도 나쁘지 않다고,
당분간 바뀌지 않을 거라고 생각했다.

그러다 너라는 사람을 알고 나서
내 삶이 바뀌기 시작했다.

하루 종일 울리지 않아도
이상하지 않던 핸드폰이 울리기 시작했고,
만나는 사람이 하나 더 늘어난 것일 뿐인데
내 삶은 핑크빛으로 물들기 시작했다.

시시한 내 일상을
궁금해하는 사람이 생겼다는 게
충분히 고마웠고, 즐거웠고, 행복했다.

그래서였을까?
익숙했던 혼자만의 시간이
이제는 너를 기다리는 시간으로 바뀌어갔던 것이.

연락에 중독되고,
걱정에 중독되고,
처음부터 너에게 관심 받았던 사람처럼
혼자 있는 시간이 외롭고 무섭고 힘들었다.

그래서였는지 내 서운함을 너에게 표현했다.
"나는 그랬는데 너는 왜 그러지 않아?"
"나는 이렇게 애타게 기다리는데, 너는 왜 몰라줘?"

그렇게 너를 계속 밀어내고 있었다.
마치 그러지 않으면
나를 사랑하지 않는 것처럼 생각돼
너에게 관심 받고 싶다고 투정 부렸다.

네 삶에서 내가 최우선이면 좋겠고
계속 내 곁에 너를 두고 싶었다.

나는 너의 무엇이 불안했을까.
날 위해 노력하는 너를

왜 나는 믿지 못했을까.

왜 아직 부족하다며 너를 옭아맸을까.
왜 그때 나는 이 생각을 하지 못했을까.

천천히 쌓여야 하는 신뢰를
왜 그렇게 빨리 쌓으려고 애썼고,
버거워하는 너를
왜 나와 같지 않다고 생각했을까.

너는 충분히,
차분하게 노력했는데
나는 왜 너를 감당하지 못했을까.

마음껏 행복하길

생각보다 많은 시간이 흘렀다.

이제는 너를 굳이 떠올리지 않으면
생각나지 않고,
너와 함께했던 기억과 마주칠 때면
슬픔보단 아련함이 나를 둘러싸곤 한다.

그동안 많이 힘들고 아파서 벗어나려 했고,
때로는 받아들이려고도 노력했다.
결국 시간이 지나니
이 모든 상황이 비로소 이해가 됐다.

받아들이고 싶지 않았던 거다,
너와의 이별을.
외면하고 싶었던 거다,
우리가 다시 만날 수 없음을.

하지만 시간이 지나면서
그럴 수 없다는 것을 받아들이게 됐다.
분명 네가 나빠서,
그때의 기억이 좋지 않아서는 아니었다.

너를 내 전부라 착각하고 집착한 것이

너와 멀어질 수밖에 없었던 이유가 아닐까.
후회하는 마음으로 내 부족함을 돌아본다.

조금 더 여유로웠다면,
조금 더 이해했다면,
분명 달랐을 우리를
내가 조급해서 놓쳐버린 것은 아닐까,
자책을 느낀다.

하지만
네가 없는 현실도 썩 나쁘지 않다.

다른 사람을 두고 마음 쓰는 것도
꽤나 자연스러워졌고,
내가 어떤 것에 행복한지
찾게 되는 날들이 많아졌다.

아마 이렇게 너를 희미하게 만들 것 같다.
그때의 기억은 찬란했지만
나의 미래가 더 소중하기에
나는 너보다 나를 선택할 거다.
너도 그럴 테지만.

옆에서 격려할 수는 없지만
나는 너를 응원한다.
무엇보다 네가 행복해지길 바라는 사람으로서
마음껏 행복하길 바란다.

잠시 네 곁에 머물다 간 사람으로서.

그때도, 지금도

너와 그렇게 헤어지고,
금방 너를 잊을 수 있을 것 같았다.

사귈 때의 고통 때문에 선택한 이별이
나를 조금은 편안하게 해줄 거라
그렇게 생각했다.

나와 달리
넌 정말 잘 지내고 있는 것 같았다.
신경 쓰지 않으려 노력하지만
어쩌다 들리는 소식에
너에게 다른 여자가 생겼다고 했다.

너를 미워하지만
또 그만큼 보고 싶기도 했다.

매일 손잡고 걷던 공원을,
거칠지만 따뜻했던 네 손을,
품에서 흘러나오던 너의 향기를
잊는 게 너무 힘이 들었다.

우연히 마주친 네가
모른 척 쌩하니 떠나가기 전까지

나는 너를 그리워했다.

그렇게 지나쳐가는 너를 보며
그때부터 현실이 와닿기 시작했다.

우리는 정말 끝이구나,
다시 시작할 수 없는 사이구나,
이미 흘러가버린 인연이구나.

하지만
생각처럼 마음이 움직이지 않았다.
그때도,
지금도,
그게 쉽지 않다.

뻔한 위로가 고마운 날

나만 힘들게 지내는 것은 아닐 거라며
혼자 있는 시간을 위로했다.

그러다가도 이따금 울적해지고
견디기 힘든 순간이 종종 찾아왔다.

왜 이렇게 아등바등 사는 것인지,
언젠가 나아지긴 할는지.

불안하고 막막해서 누군가에게
의지하고 싶기도 하고,
후회가 밀려왔다가도
부질없다며 고개를 젓기도 하면서.

그럴 때 건네받는 위로가
그렇게 달콤할 수가 없고
따뜻한 위안이 되는 그런 날.

오늘이 그런 날인 것만 같다.
뻔한 위로라도 고마워서
눈물이 날 것 같은 그런 날.

충분히 슬퍼해야
너를 떠나보낼 수 있고,
충분히 감당해야
미련 없이 무언가를 시작하겠지.

당신, 잘 지내죠

당신이 나를 다시 찾는 것보다
내가 당신을 잊는 게
어쩌면 더 쉬울지도 모르겠어요.

우리가 헤어짐을 얘기하던 날,
난 어쩌면 그리 바로 뒤돌아섰는지
지금에서야 그런 생각을 해요.

내가 그날
망설임 없이 뒤돌아섰던 이유가
아낌없이, 후회 없이
당신을 사랑했기 때문이 아닐까 싶어요.

그렇게 아무렇지도 않은 듯 집으로 돌아와
방문을 잠근 순간부터 흘렸던
내 눈물 덕분에
가끔씩 떠오르는 그대가 여전히 아파도
좋은 추억으로 생각할 수 있는 것 같아요.

지금,
당신,
잘 지내죠?

잔잔한 하루를 꿈꾸며

네 기억이 흐릿해질수록
아련함은 더욱 깊어갔다.

이제는 날선 아픔이 계속되기보다
문득 찾아오는 아픔이 익숙해졌다.

너에게 난 완전히 지워진 건지
나에게 넌 완전히 지워지지 않을 건지.

완벽히 지울 수 없다면
어디까지 지워질 수 있을지.

용기 내보기를 수십 번,
그 용기는 과연 어떤 결말을 가져다줄지.

아직도 떨치지 못한 두려움일까.
네 조그마한 변화에도 내가 요동친다.

그냥 변화 없이 살아가길.
그래야 나도 잔잔하기에,
꼭 그래주길.

너를 잊는 동안

너를 만난 3년간 정말 행복했어.

네가 곁에 있어 두려운 게 없었고,
어디를 가나, 무엇을 하나 자신 있었어.

그래서 내 시간이 온통
너로 채워졌지만 후회하진 않아.

사실 너를 만나는 동안
나에게 주어진 것들을 포기한 적도 있지만
그것 역시 결코 후회하진 않아.

어딜 가나 주목 받고 당당한,
사람을 끌어당기는 매력을 가진 네 옆에서
나는 너를 닮아가고 싶어 애쓰고 노력했어.

그렇게 너를 만나는 동안
나는 성격도 많이 바뀌었어, 정말 고마워.

네가 나를 더는 좋아하지 않는다고,
다시 예전만큼
좋아질 것 같지 않다고 말했을 때
하늘이 무너지는 기분이었어.

눈앞이 아찔하고
마음이 무너져 내리는 게 이런 거구나, 했어.

항상 내 뒤에 든든하게 서 있던
네가 떠나자 기댈 곳이 사라졌어.
네가 없던 시절은 어떻게 살았고
뭐가 네 마음을 변하게 만들었을까.

사흘 동안 밥도 못 먹고 울기만 했어.
덕분에 살이 많이 빠졌더라.
네가 싫어하겠지.
아니, 관심조차 없겠지.

난 너에게 받기보다 주는 게 더 좋았어.
그래도 그 흔한 꽃 한 송이
받아보지 못한 건 조금 후회가 되더라.
욕심내서 받아볼 걸 그랬나 봐.

변변한 커플링 하나 없이
길거리에서 파는 만 원도 채 안 되는
이니셜 반지를 나눠 끼고도
너와 함께여서 행복했던 그날이 생각나.

2주에 한 번씩 너의 집에서 함께 눈뜨고,
드라마를 보고, 요리하고…
그때만큼 즐거웠던 때는 없는 것 같아.

헤어지고 일주일 만에
새로운 사람이 생겼다는 너.
누나라고, 착한 사람이라고 말하던 너.

내게 이제 클럽도 가고
소개팅도 나가보라던 네가 원망스러웠어.

우리가 함께했던 시간이
너에게는 그렇게도 쉬웠을까 원망하며
하루 빨리 네가 헤어지면 좋겠다고 생각했다.

나에게 헤어지자고 말한 걸
후회하면 좋겠다고 생각하다가도
내가 잊을 때까지 새로 사귄 애인과
헤어지지 않았으면 싶기도 해.

아직도 미련이 남은 내가 네 앞에 나타나
널 붙잡을 것만 같아서 말이야.

내 기억 속 행복이 너라서 감사해.
사랑이 뭔지 알게 해준 너에게 감사해.

그래도 너를 잊는 동안
나는 더 성숙해지고
멋진 사람이 돼가는 것 같아.

너도 잘 지냈으면 좋겠다,
고마웠어.

가장 순수했던 시절의 사랑

잘 지내는지 모르겠다.
날도 추운데,
감기는 안 걸렸는지 걱정되네.

우리 헤어진 지 이제 열 달이 넘어간다.
2년 넘게 사귀면서
정말 힘들기도 했고, 행복하기도 했지.

가장 순수할 때 만나
조건 없이 사랑할 수 있었던 것은
너라는 사람 덕분이 아니었나 생각해.

나에게 최선을 다해줘서,
있는 힘껏 사랑해줘서,
의지할 수 있는 버팀목이 돼줘서 고마웠어.

행복이란 감정을
온전히 느끼게 해준
너의 마음이,
너의 모습이 그립긴 하다.

왜 그때는 이런 마음을 전하지 못했을까.
뒤늦게 후회하며

그때가 소중했고
고마웠던 시절이었음을 다시금 생각하게 돼.

혹시나 하며 네 연락을 기다리기도 하지만
이것조차 헛된 희망이겠지.
그래도 언젠가 한 번쯤은 왔으면 해.

너를 만나는 동안
행복하게 해주지 못해 미안해.

나에게 최선을 다해줘서,

있는 힘껏 사랑해줘서,

의지할 수 있는 버팀목이 돼줘서 고마웠어.

마지막 너의 말

마지막 너의 한마디가
나 자신을 돌아보게 만들었다.

한없이 주기만 하면 될 줄 알았던
내 사랑이 문제였음을 알았고,
너를 사랑한 만큼
나 자신을 사랑했어야 함을 알게 됐다.

이제 혼자서도 잘 자고,
잘 웃고, 술도 덜 마시고,
괜한 일에 투정 부리지도 말아야겠다.

너와의 헤어짐이
나를 좀 더 자라게 해준 것 같다.

이걸 고맙다고 해야 하나,
밉다고 해야 하나…

어쨌든 너로 인해
내가 조금 더 좋은 모습으로
한 뼘 더 자라길 기대한다.

흐린 기억 너머

거리를 거닐다 연인들을 봤을 때,
문득 이런 생각이 들었다.

남자와 여자,
서로를 바라보는 눈빛과 표정,
전해지는 느낌들이 얼마나 아름다운지.

그때,
너와 나도 그랬겠지?

나를 향해 수줍게 웃던 너의 모습,
발그레했던 너의 두 뺨,
바람에 흩날리던 너의 향기,
이제는 또렷이 기억나지도 않는다.

야속하게도 그 모습들은
기억 저편에 머물러,
다시 떠올리려고 애쓰지 않는 한
한동안 나올 수 없겠다 싶다.

그때는 빨리 지워지길 바랐던,
희미해지길 바랐던 것들이
막상 흐릿해지니 아쉽게만 느껴진다.

너라서 다행이다

너를 만난 일이 참 다행이라는 생각이 든다.

너를 만나
누군가를 사랑한다는 감정을 배우고,
누군가를 잃었을 때 어떤 아픔을 동반하는지
깨닫게 됐으니.

너로 인해
행복과 슬픔이라는 추상적인 개념을
조금 더 명확하게 이해할 수 있게 됐으니.
더할 나위 없이 소중한 선물이 아닐까 싶다.

앞으로 누군가를 사랑할 때
내가 어떤 마음을 가져야 하고,
그 사람을 잃지 않기 위해
내가 어떤 노력을 해야 하는지
어렴풋이 알게 됐으니.

나, 행복했었구나

늦은 밤,
나를 데려다주던
너의 따뜻한 어깨를 기억한다.

내 얼굴에 붙은 머리카락마저도
너의 손길을 머금고 있었다.

네 앞에서 나는
세상 그 무엇도 보이지 않았고,
너 이외의 모든 풍경이 잿빛이었으며,
다른 어떤 소리도 내게는 들리지 않았다.

늦은 밤
나를 떼어놓고 아쉬운 듯
돌아서는 네 뒷모습을 보는 것마저
나에겐 소소한 즐거움이었다.

너는 몰랐겠지만,
내 시야에서 사라질 때까지
뒤에 남아 널 배웅하곤 했다.

그렇게 잊고 살았던 모든 것들이
술을 마시고 집으로 돌아오는 길,

서로 좋아 죽겠다는 커플을 보면서
문득 떠올랐다.

그렇게 나는 널 추억했고,
너라는 세계에 다시금 빠졌다가
서둘러 빠져나왔다.

행복했었구나,
그때의 나.

쓸쓸한 미소가 내 얼굴에 피어올랐다.

먼 훗날에

먼 훗날
나라는 사람이 문득 떠올랐을 때
그 잔상이 사랑이라면 좋겠다.

철없는 불장난이 아니라,
분위기에 휩쓸려서가 아니라,
알딸딸한 술기운 때문이 아니라,

그 순간만큼은
진심이었음을 부정하지 않는
그런 사랑이라면 좋겠다.

과연 그때 너는 나를 사랑했을까.

나를 만난 시간,

네가 나를 사랑하지 않았다면

조금 쓸쓸할 것 같아.

다음 사랑은

우리의 관계가 끝나고
나 스스로
미성숙했다는 생각을 지우기 힘들다.

나는 항상
조금 아쉽고,
조금 성급했으며,
조금 부족했다.

매번 틀어지고 나서 깨닫게 되지만
그 순간 내 마음은 상대보다 뜨거웠다.
비슷한 속도로 같이 뜨거워지지 못하고
나 혼자만 달아올랐다.

아쉬움과 후회가 밀려오지만
그래도 예전보다 낫다고 생각하는 건
전보다 조금은 잘 견디고 있다는 것,
그뿐이다.

다음 사랑은
혼자 뜨거워지지 않기를.

사랑은 참 어렵다

서로가 힘들고, 서로가 바빴다.

네가 싫어서가 아니라 너를 만날 여건이 안 됐다.
그래서 항상 너를 생각하면
애틋했고 안타까웠으며,
설레고 미안했다.

'지금 이 시기만 지나가면…'
너나 나나 힘든 하루하루를 버텨갈 때
너는 내 편이었고, 나는 네 편이었다.
우리의 믿음은 변함없을 거라 믿었다.
아니, 그렇게 믿고 싶었다.

그렇게 하루, 한 달, 백 일, 그리고 1년…
최선을 다한 나의 연애가
또 이렇게 끝나니 덜컥 겁이 났다.

이제 다른 연애는 어떻게 해야 할지.
조급해지지 않고 익숙해지지 않는 사랑을
나는 어떻게 견디고 버텨야 할지.

그동안 내 노력이 물거품이 돼버린 듯한
이 허탈함을 어떻게 떨쳐내야 하는지.

예전보다 아프진 않지만
예전만큼 짧게 끝날 것 같지 않다.

매번 사랑은 나에게 참 어렵다.
남들에게는 쉬워 보이는 사랑이
나에게는 참 힘들고 아프다.

더 이해하고 더 많이 사랑하면
후회할 일 없을 줄 알았는데,
역시 이별이란 쉬운 게 아니구나.

못난 착각

마지막 그때,
너에게 비난을 퍼붓던 그때를 후회해.
그렇게까지 할 필요는 없었는데.

그래도 한때는 함께 있음에 감사하고
그것이 행복이었던 나였는데.

그런데 말이야.
짧은 시간이었지만
나는 분명 너를 열렬히 사랑했거든.
근데 다시 생각해보면
너는 과연 나를 사랑했을까,
그런 생각이 들어.

나를 만난 시간,
네가 나를 사랑하지 않았다면
조금 쓸쓸할 것 같다.

그랬겠지?
착각은 아니겠지?

때늦은 후회

함께하는 날들이 쌓여가면서
조금씩 너에 대해 아는 것들이 늘어갔다.
때로는 몰라도 될 것까지 알았지만
너를 알아가는 것이 내게는 큰 기쁨이었다.

이렇게 계속 알아가다 보면
온전히 나만의 사람이 될 것 같다는
생각에 취해 매일이 즐거웠다.

그렇게 어느 순간 너는
내가 예측한 대로 움직였고, 반응했으며 말했다.
그게 편했다.

그때부터였을까.
내가 너의 모든 것을 알았다고 착각한 순간이,
너에 대해 더는 알 것이 없다고 생각한 순간이,
너와 함께 있는 것이 지루하다고 느껴진 순간이,
남들과 너를 비교하기 시작한 순간이.

정신을 차리기 전까지 나는
그렇게 너에게 더 많은 것을 바라고 있었다.

조금만 내 뜻대로 따라주지 않으면

나를 사랑하지 않는다고 생각했다.
그렇게 합리화하며 이별을 고하고는
내 곁에 네가 있을 자리가 없다고 착각했다.

그토록 좋아 보이던 다른 사람 때문에
다시 너를 생각하게 될 줄 몰랐다.
그 사람에게서 너의 흔적을 발견하고
그동안 꽁꽁 숨겨뒀던 네 생각이
걷잡을 수 없이 터져 나왔다.

그간 네가 나에게 무엇을 해줬는지,
나를 위해 어떤 노력을 했는지,
네가 없는 이 순간
오히려 네가 가장 깊게 와닿는다.

왜 그땐 몰랐을까.
왜 나중에서야 깨닫게 되는 것일까.
그렇게 나는 후회 속에 머물러 있다.

순수의 시절

그때의 내가 그립다.

아무것도 따지지 않고
아무것도 계산하지 않았던
그때의 내가 그립다.

누군가를 만나서
얼마만큼 마음을 열 것인지,
그 사람은 나에게 무엇을 해줄 것인지,
본능적으로 계산하지 않았던
그때가 무척이나 그립다.

내 생애 최선이라는 단어를
감히 쓸 수 있는 때는
아마 너를 만났던 그때뿐이겠지.

시간이 지나고 관계가 복잡해지면서
상대가 나에게 얼마나 어울리는지,
나는 상대에게 얼마나 베풀 수 있는지를 쟀다.

조건을 맞추고, 상황을 따지고,
미래를 예상해보는,
점차 나이를 먹어가면서 당연해지는 일들이

무척이나 씁쓸하더라.

지금은 조건이 바뀌고,
상황이 바뀌고,
그때는 할 수 없었던 것들을 지금은 할 수 있지만,
순수했던 그때가,
모자랐던 그때가,
무척이나 그립다.

벤치에 앉아 종이컵에 담긴 커피만으로도
충분히 행복했던,
너를 데려다주고 막차 끊긴 밤길을
터덜터덜 걸어오던 것도 마냥 행복했던,
그때가 무척이나 그립다.

잊고 있던 소소한 기억이 떠오를 때
같이 찾아오는 너라는 기억도 반갑다.

그때 피어나듯 번지던 너의 미소가
오늘은,
아니 요즘은 너무나도 그립다.

내가 거쳐온 인연들

나와 인연이 닿았던 사람들은
그런 존재가 아닐까.

어쩌다 우연히 길에서 마주쳤을 때
눈앞이 아찔하고,
손가락 마디마디가 저려오고,
심장이 쿵쾅거려 내 몸이
내 몸이 아닌 듯 정신이 아득해지는…

까마득하게 잊고 살다가
뜻밖에 소식을 접하면
가슴이 쿵 하고 내려앉는…

열렬하게 사랑했던 사람이,
그때의 감정이,
지금은 너무나 달라져서
도리어 심란하게 만드는
그런 사람이 아닐까.

나를 거쳐 가고 내가 지나온 사람들은.

그런 적 있죠?

그럴 때 있잖아요.
다시 만날 순 없지만 욕심날 때.

괜히
우연이라도 만나고 싶어
기웃거리지만 만날 수 없고,
연락해보고 싶지만 할 말이 너무나 뻔해서
핸드폰만 들었다 내려놓고.

만나면
이런 말 해야지, 저런 말 해야지
줄기차게 다짐하는데,
우연히 마주치면 표정 하나 관리하기 힘들어
생각해뒀던 말 한마디 못 꺼내고
돌아서서 후회한 적.

새롭고 괜찮은,
누구와 비교해도 나쁘지 않을 사람을 만났지만
이상하게 그 사람이 떠오른 적.

그런 적 있죠?
나만 그런 것 아니죠?

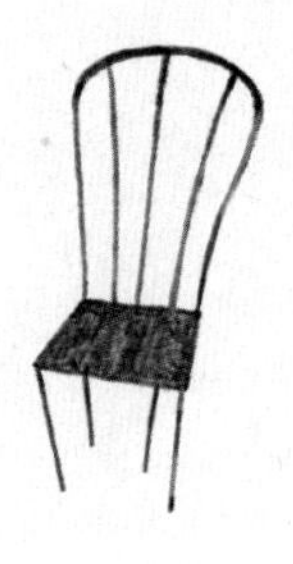

나만 행복하거나

그 사람만 행복하다면

그건 사랑이 아니다.

헤어진 연인들을 위한 조언

좋았던 감정에 중독됐다가
그 사람이 없는 세상으로
돌아오는 길은 쉽지 않을 겁니다.

기억 속 그 사람은
분명 좋은 사람이고,
당신에게 충분한 행복을 줬을 테니까요.

당신은 지금 그때와 다른 현실이 와닿지 않아
과거로 돌아가고 싶을지도 모릅니다.
그런 지금,
한 번쯤 생각해봐야 할 것이 있습니다.

그때의 기억이 정말 확실한지,
당신의 기억이 환상은 아닌지,
기억 자체가 미화된 것은 아닌지,
진지하게 고민해봐야 합니다.

당신은 그 관계에서
행복하기도 했지만 힘들기도 했을 겁니다.
그런데 힘듦을 인정해버리면
그 사람과 함께하는 시간 동안 노력했던 나는
결국 행복하지 않은 사람이 돼버릴까 봐,

애써 행복하다 생각하고 있을지 모릅니다.

그래서 스스로 행복한 사람임을 증명하기 위해
계속 그 사람의 기억을 붙잡고 있는지 모릅니다.

곰곰이 생각해보면,
지금 당신에게는 그 사람을 만나지 말아야 할 이유가
만나야 하는 이유보다 더 많을지도 모릅니다.

복잡한 감정 때문에,
마치 그 사람이 아니면 안 될 것 같은 생각에
이성적인 판단을 할 수 없을지도 모릅니다.

이때 필요한 것은
감정을 배제하고 생각해보는 것.
덧붙여 냉정하게 현실을 보려는 노력입니다.

당신이 행복하려면
반드시 그 사람이 있어야 하나요?

아닐 수 있습니다.
만약 반드시 그 사람이 필요하다면
왜 그런지도 생각해봐야 합니다.

내가 그 사람에게 반했던 매력을
과연 그 사람만 가지고 있는 것인지,
다른 사람에게선 전혀 느낄 수 없는 것인지
생각해봐야 합니다.

사실,
그 사람을 다시 만난다고 할지라도
예전만큼 행복하지 않을 수 있다는 것을,
그 사람만큼이나 좋은 사람이 있다는 것을,
한 번쯤 생각해보았을 겁니다.

그런데 빤히 보이는 미래를
지금 애써 외면하는 것일 수 있고,
자기도 납득되지 않는 믿음을
막연히 붙들고 있는 것인지도 모릅니다.

그래서 저는,
지금 당신이 가지고 있는 기억과 미래를
똑같이 바라보지 않았으면 좋겠습니다.

막연한 감정에 휘둘리며
자기 자신을 괴롭히고 있는 것은 아닌지,
꼭 한번 생각해봤으면 좋겠습니다.

지금 행복하냐고 묻는다면

문득 네가 떠오르는 날이면
우리가 자주 가던 카페 근처를 서성이곤 해.
변한 것 없는 거리에 잠시 취해
그때의 우리를 돌아봐.

우리만 변했더라.
울퉁불퉁한 바닥도,
가느다란 실금이 간 담벼락도,
모두 그대로인데 우리만 예전 같지 않아.

너와 헤어지고 난 뒤
어떻게 견뎌야 할지 몰라서
하루하루가 너무 힘들었어.

싸우고 연락하지 않은 날은 있었어도
'끝'이라는 말과 함께
단호한 너의 표정을 처음 봤으니까.

그래 맞아.
우리는 헤어질 수밖에 없었던 사이였는지 몰라.
처음이라 어색했고, 서툴렀고, 모자랐던 그때가
아쉽기도 하고 돌이키고 싶기도 해.

내가 너무 부족했기 때문에
더 생각나는지도 모르겠다.

지금은 죽을 만큼 힘들지도,
네 생각에 하루를 망치지도,
눈물로 밤을 지새우거나
술 마시고 취해 울지도 않아.

이제는 내가
어떤 걸 하면 기분이 좋고,
어떤 걸 했을 때 행복해지고,
어떻게 하면 부족한 부분을 채우는지,
나만의 방법을 찾은 것 같거든.

만약 누군가
지금 행복하냐고 물어온다면,
고민은 조금 되겠지만
그래도 고개를 끄덕일 것 같아.

너는 어떠니?
나는 이렇게 살아가.
가끔 네 생각을 하거나
가끔 우리가 가던 곳을 찾아가면서.

우리가 어떻게 연애했는지
추억에 젖기도 하면서.

다시는 가질 수 없기에 아름답고,
추억에만 머물 수 있어서 아련한
기억을 더듬으며 미소 짓고 살아.

나도 언젠간 새로운 사람과
또 다른 사랑을 하겠지.
그래도 간직할 수 있을 때까지는
너와의 추억을 간직해보고 싶어.

우리의 추억이
늦가을에 불어오는
싸늘한 바람 같지는 않았으면 해.

나에 대한 너의 기억이
나쁘지만 않으면 좋겠어.
언젠가 우리가 다시 마주친다 해도
기분 나쁜 만남이 아니면 좋겠어.

예전에는 네가 불행하길 바라고
또 바랐는데,
막상 네가 불행하면 속상할 것 같아.

한순간도 잊어본 적 없다

괜찮아진 줄 알았다.
이제는 너를 떨쳐버린 줄 알았다.

너와 같이 듣던 노래를 듣기 전까지는,
너에게 나던 그 향기가 나기 전까지는,
우리가 함께 갔던 곳을 지나치기 전까지는,
네가 좋아했던 그 음식을 보기 전까지는.

생각해보니
언제 너를 잊었나 싶다.

너에게 물들어

네가 떠난 자리에 다른 사람이 들어왔다.

처음엔 너와 다른 모습이 좋았고,
네가 해줄 수 없는 것들을 해주는
그 사람이 마음에 들었다.

만족감이 점차 차올라
너 대신에 그 사람으로 나를 채워갔다.
나도 그 사람이 좋았고,
그 사람도 나를 아껴주었기에.

그 사람이 이런 말을 건넨 적이 있다.
"당신, 되게 깔끔한 사람인 것 같아요.
중간중간 자주 정리하고 치우잖아요.
난 정리를 잘 못하는데, 좋아 보여요."

그 순간 감춰뒀던 네가
갑자기 몰아치는 것 같았다.
4년이라는 시간 동안
나도 모르게 닮아간 너의 모습을
나는 미처 몰랐던 것이다.

너를 닮은 내 모습을

이 사람은 좋게 보고 있구나.
너를 닮은 모습이
사랑받을 수 있는 요소가 되는구나.

서둘러 가방을 들고
오늘은 혼자 가고 싶다고 말한 뒤
한참을 걸었다.
그냥 무작정 걷고 싶었다.

그렇게 몇 시간을 걸어 집에 도착한 뒤
샤워를 하면서 펑펑 울었다.
뭔지 모를 이 감정에 취해
할 수 있는 게 이것밖에 없기에.

나는 너를 정리했다 생각했지만
아직도 정리 못 한
나 자신이 부끄럽기도, 밉기도 하면서
어디서부터 어디까지 정리해야
너로부터 완전히 벗어날 수 있을까…

마음이 떠났다면
차라리 그때 이야기해주지 그랬니.
내가 부족했다면

부족하다고 이야기해주지 그랬니.
하염없이 뒤통수만 바라보고 있는 나를
한 번쯤은 돌아봐주지 그랬니.

아무 말 없는 너를 보며
내일은 달라지겠지,
하는 희망이라도 빨리 접을 수 있게.

인사조차 무의미한 우리가
조금은 서글프다.

나에게 집중하는 삶

절대 흐르지 않을 것 같았던 시간이 지나고
우리가 헤어진 지도
벌써 양손으로 꼽을 수 없을 정도가 됐다.

너와 헤어지고 한 달은 빠짐없이 울었고,
정신을 놓고 살았던 것 같다.
이제야 정신을 차리고
조금씩 나에게 집중하는 삶을 시작해보려 한다.

네가 있는 것이 당연했던 삶이
어느 순간 낯설어지고,
그때는 별것도 아니던 것이
헤어지고 나서
그렇게 의미 있어질 줄 몰랐다.

후회와 아쉬움만 남은 지난 시간을
나는 애써 외면해보려 한다.

그러나
외면하지 못할 내 모습을 안다.
결국 나를 이기지 못하고
너에게 돌아가려 할지도 모른다.

최소한 노력이라도 하지 않으면
어두운 터널에서 벗어나지 못할 것 같아
의식적으로 노력하려고 한다.

다른 사람으로 너를 잊으려 하기보다
나 스스로 이 상황을 이겨내려 한다.

수없이 실패하겠지만
그때마다 포기하지 않으려 한다.

너는 나를 포기했지만
나는 나를 포기하지 않으려 한다.

별의 위로

붉게 빛나는 밤
별빛이 나를 내려다본다.

저기엔 그때의 내가 있다.
커피 한 잔에도,
흘러가는 노래에도,
공기에서도 널 느끼던 내가 있다.

그때의 나를 사랑한다.
널 사랑했던 나를 사랑한다.
철이 없어 행복했던 나를 사랑한다.

다음엔 혼자

그대를 사랑했던
그때를 사랑한다.

별빛 속에 나는 네가 그립다.

진심이 담긴
낯간지러운 소리를 잘할수록
관계를 오랫동안 유지할 수 있는 것 같다.
연인이든, 친구든.

너에게 고마워

그때의 너에게 고마워.

너와 헤어지고
많은 날을 힘들어 했어.

왜 우리가 인연이 아니었는지,
왜 우린 인연이 될 수 없었는지,
생각하고 자책하는 날들이었거든.

다시는 누군가와 연애할 수 없을 것 같았고,
누구도 다시 사랑할 수 없을 것 같았어.

1년인가, 2년인가.
그렇게 너의 발자취를 밟고 있었어.
다른 생각을 할 수 없기도 했고,
너만을 생각하고 싶기도 했어.

왜 우리가 헤어졌는지에 대해
많이 생각했던 것 같아.

자연스레
부족했던 내 모습들을 찾게 되더라.
이러지 말았어야 했는데,

그땐 이랬어야 했는데.

3년째 되던 날,
우습게도 나는 다른 연애를 시작했어.
지금 만나는 사람은
너와 비슷하면서도 많이 달라.

그게 오히려 도움이 되더라.
너한테 할 수 없었던 것,
하지 못했던 것,
해줬으면 좋았을 것을
이 사람에게 온전히 해줄 수 있으니까.

다행히 되게 좋아해.
너와는 서툴렀지만
지금은 제법 자연스러워졌거든.

네가 바라던 것이 이런 게 아니었을까.

덕분에 고마워.
너를 놓치기 싫었던 마음만큼,
아니 그 이상으로 이 사람이 좋아졌어.

그때의 미숙했던 사랑이
지금은 다행이다 생각해.
이제는 실수를 반복하지 않을 테니까.

고마워.
나를 이렇게 성장하게 해줘서,
너를 좋게 기억하게 해줘서.

이제는 너를 품지 않아도 될 것 같아.
그동안 고생했어.
안녕.

그런 봄이 되기를

너와 내가 만났던 봄날에
이제는 다른 사람과 함께지만,

너는 너대로 그 사람과,
나는 나대로 이 사람과
더 화창한 봄날이 되기를.

너 없는 세상에서

내 세상의 전부였던 네가 떠난 뒤,
미처 버리지 못한 너라는 앙금이 남아
그것 때문에 세상을 살아가기도,
그것 때문에 세상이 버거울 때도 있었다.

사람들의 시선이 곱게 보이지 않고
행복한 일 따위는 나와 상관없다는 듯
비아냥거리던 시기가 있었다.

눈에 보이는 커플들이 부럽기도 했지만
저들도 언젠가 헤어지겠지,
삐딱한 시선으로 세상을 보던 때도 있었다.

그렇게 시간이 흐르고
다시는 없을 것 같던 인연이
내게 찾아오면서
묻어두었던, 아니 묻으려 했던
너라는 잔상이 다시 날 찾아왔다.

간신히 잊은 너를
다시 한 번 맞이하게 된 지금,
너를 생각하는 나는
예전과 많이 다르지만

또 예전과 많이 닮았다.

새로운 사람을 받아들이는 것이
나에겐 굉장한 모험이었다.
이제는 그 모험이 내 생활이 되었고,
내 세상이 되었다.

기억 속에는 사랑했던 우리가 있지만
너를 기다리는 나는 이제 없다.

너라는 사람이 날 추억할지 모르겠지만
나는 너 없는 세상도 받아들일 수 있고
네가 없어도 살 만한 시기가 온 것 같다.

너에게 받은 영향으로
내 연애 스타일이 변하긴 했지만
그것이 꼭 나쁜 것만은 아니라는 걸 알았다.

우리는 이미 과거가 되었고
각자의 삶을 살고 있으니
부디 지금 곁에 있는 사람에게
모자란 사람이 되진 말자.
그때의 우리처럼.

인연이 여기까지라

우리는 이렇게 끝이 났지만

나를 좋아해주고,

내가 좋아할 만한 사람이 돼줘서 고마워.

이제 덤덤해

우리가 이별한 지 1년하고도 몇 달…
너의 카톡 프로필을 살펴보면서
우리가 마지막으로
대화 나눈 시간을 확인할 때면
먹먹함과 허무함이 동시에 밀려온다.

헤어짐을 새삼 확인하는 것 같아서,
완전히 다른 길을 걷는 것 같아서.

취직했다며, 축하해.
그토록 미치게 사랑했는데
할 수 있는 게 이것밖에 없다.

겉으로는 쿨한 척해도
이게 우리의 지금 모습이라는 걸
혼자 인정해가고 있어.

함께 사랑했던 그 순간만큼은
진심이었길 바라.
안녕.

지키기 힘든 말

잊지 않을 거란 말,
기다릴 거란 말,
영원히 함께하자는 말…
쉽게 뱉을 수 있지만
지키기는 참 힘든 말인 것 같다.

사랑이란 감정에 취해
마치 모든 걸 다 줄 것 같은 마음을
온전히 지켜내는 사람은 드물지 않을까.

쉽게 지킬 수 없기에
저 말들이 가치 있고 의미 있는 거겠지.

상황이 변해 헤어지게 되고,
그 사람이 아닌 다른 사람을 만나
사랑에 빠질지도 모르지만,
그때 그 순간만큼은 내 전부인 사람에게서
듣고 싶은 말들이기에
더욱 마음에 와닿는 것 아닐까.

진심을 말하는 사람

진심이었으면 좋겠다.

얄궂은 마음으로 다가와
달콤한 말로 유혹하는 것이 아니라
한마디, 한마디
포장할 수 없는 진심을 말하는
그런 사람이면 좋겠다.

내 상처를 보듬고, 이해하고,
바라봐주는 그런 사람이면 좋겠다.

잠시 스쳐 가는 바람이 아니라
따스하게 감싸줄 수 있는
햇살 같은 사람이면 좋겠다.

쉬이 다가와
모든 것을 삼켜버리는 파도가 아니라
촉촉이 적셔줄 수 있는
단비 같은 사람이면 좋겠다.

진심이 아니라면
애써 보듬은 내 마음,
헤집어놓지 않았으면 좋겠다.

함께 걷는 길

나는 너와 함께 걷고 싶어.
손을 잡고 걷다 보면
땀을 흘리기도 하겠지.

언덕을 오를 때도 있을 거고
내리막을 내려갈 때도 있을 거야.
걷다 보면 우리의 호흡이 달라지겠지.

그렇게 우리의 눈높이는 계속 변할 거야.
먼 곳을 보거나 가까운 곳을 보기도,
좁은 곳을 가거나 넓은 곳을 가기도 하겠지.

그렇게
너와 하나씩 맞춰가고 싶어.
너와 나의 관계를 말이야.

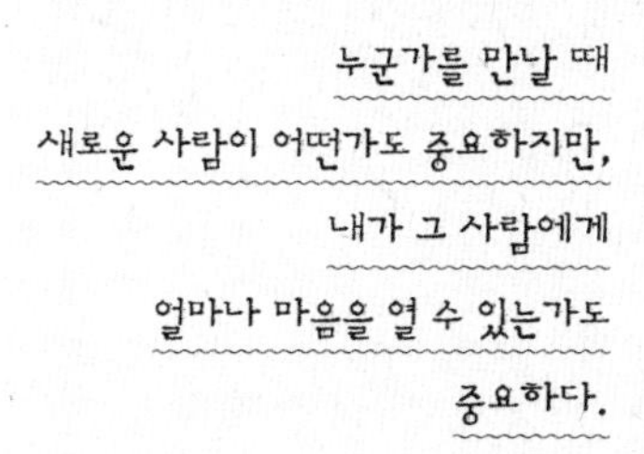

누군가를 만날 때
새로운 사람이 어떤가도 중요하지만,
내가 그 사람에게
얼마나 마음을 열 수 있는가도
중요하다.

전에 만난 사람에게 열었던
마음의 크기를 반 정도만
새로운 사람에게 열어 보인다면
충분히 다른 사랑을 시작할 수 있다.

차라리, 우리 헤어질까

2017년 8월 10일 초판 1쇄 발행
글 · 조성일 | 그림 · 사모

펴낸이 · 김상현, 최세현
편집인 · 정법안
책임편집 · 손현미, 김유경 | 디자인 · 김애숙

마케팅 · 권금숙, 김명래, 양봉호, 임지윤, 최의범, 조히라
경영지원 · 김현우, 강신우 | 해외기획 · 우정민
펴낸곳 · 팩토리나인 | 출판신고 · 2006년 9월 25일 제406-2006-000210호
주소 · 경기도 파주시 회동길 174 파주출판도시
전화 · 031-960-4800 | 팩스 · 031-960-4806 | 이메일 · info@smpk.kr

ISBN 978-89-6570-496-6 (03810)

• 이 책의 국립중앙도서관 출판시도서목록은 서지정보유통지원시스템 홈페이지(http://seoji.nl.go.kr)와 국가자료공동목록시스템(http://www.nl.go.kr/kolisnet)에서 이용하실 수 있습니다. (CIP제어번호:CIP2017017507)
• 잘못된 책은 구입하신 서점에서 바꿔드립니다. • 책값은 뒤표지에 있습니다.
• 팩토리나인은 ㈜쌤앤파커스의 에세이·실용 브랜드입니다.